周啸天　主编

读给孩子的古诗词

少年说

①

中原出版传媒集团
中原传媒股份公司

海燕出版社

图书在版编目（CIP）数据

读给孩子的古诗词 . 少年说 / 周啸天主编 .— 郑州：海燕出版社，
2017.6（2020.8 重印）

ISBN 978-7-5350-7219-1

Ⅰ . ①读… Ⅱ . ①周… Ⅲ . ①古典诗歌 - 中国 - 儿童读物 Ⅳ . ① I222

中国版本图书馆 CIP 数据核字（2017）第 096028 号

插　　画：北斗斋　风神　胡言　临墨 zyz　陆清禾
　　　　　苏岸 aoi　桃年　忘川山人　羡德　鱼俞木

出 版 人：董中山　　　　　美术编辑：韩　青
选题策划：李道魁　　　　　责任校对：李培勇　刘学武
出版统筹：韩　青　　　　　封面设计：翟淼淼
责任编辑：韩　青

出版发行：海燕出版社
　　　　　（郑州市郑东新区祥盛街 27 号　邮政编码 450016）

发行热线：400 659 7013

经　　销：全国新华书店

印　　刷：中华商务联合印刷（广东）有限公司

开　　本：16 开（710 毫米 ×1000 毫米）

印　　张：14 印张

字　　数：290 千字

版　　次：2017 年 6 月第 1 版

印　　次：2020 年 8 月第 2 次印刷

定　　价：84.00 元（全二册）

读古诗词，与孩子一同成长

　　闻一多先生说："我们这大半部文学史，实质上只是一部诗史。"在中国传统的教育中，诗教占有极其重要的地位。孔子说："不学《诗》，无以言。"学诗可以更好地认识母语的魅力，从而提高驾驭母语的能力。孔子又说："《诗》可以兴，可以观，可以群，可以怨。"学诗可以使人拥有激情，善于观察事物，具有人际亲和力，及时疏导负面情绪。总之，可以提高人的心理和文化素质。

　　背诵名篇，是传统的学习方法，也是精通诗词之道的不二法门。文言作为一种书面语言，非看不能知道它们的意义，非朗读不能体会它们的口气，所以古人讲究"因声求气"的朗诵。"背诵名篇，非常必要。这种方法似笨拙，实巧妙。它可以使古典作品中的形象、意境、风格、节奏等都铭刻在自己的脑海中，一辈子也磨洗不掉。因而才可能由于对它们非常熟悉，而懂得非常深透。光看不行。"（程千帆《詹詹录》）

　　热爱是最好的老师，耳濡目染是最好的教法。想要孩子精通诗词之道，最好的办法是以身示范，与孩子一同成长。我们所编的这套书，就是专门为亲子共学准备的，也是送给孩子们的一份厚礼。

周啸天

目录

2

宝贝 —————

愿你今天读过的每一首诗词，
都能陪你走过接下来的每一步路。

永远爱你的 —————

过华清宫（其一）

[唐] 杜 牧

长安回望绣成堆，山顶千门次第开。

一骑红尘妃子笑，无人知是荔枝来。

- **华清宫** 是唐代帝王休闲游玩的别宫，修建在骊（lí）山上，位于今陕西西安临潼。
- **绣成堆** 指花草林木和建筑物像一堆堆锦绣。
- **次第** 依次。
- **一骑**（jì） 指一人一马。

名家鉴赏

华清宫是唐玄宗李隆基和杨贵妃经常避暑或过冬的地方，留下了许多传说。据说杨贵妃非常喜欢吃荔枝。为了给她提供新鲜荔枝，唐玄宗命人用快马，将荔枝从数千里外的岭南地区运送到京城长安，消耗了大量的人力物力。诗人路过华清宫，想起这些往事，就写下这首诗，表达了自己对这种劳民伤财、满足一人私欲做法的不满和批判。

全诗大意：在长安回头远望骊山，草木葱茏，宛如一堆堆锦绣；山顶上华清宫一重重宫门依次打开。一人骑马快速驰来，带起滚滚烟尘，妃子展颜一笑，没有人知道这是从南方送荔枝来了。

鹭 鸶

[唐] 杜 牧

雪衣雪发青玉嘴，群捕鱼儿溪影中。

惊飞远映碧山去，一树梨花落晚风。

○ **鹭鸶**(sī) 一种鹭科鸟类，这里指白鹭。
○ **群** 成群结队。

▍名家鉴赏

　　这是一首咏物诗，本诗的鹭鸶就是白鹭，诗人抓住白鹭的外貌特征进行描写，还用了一连串的比喻，将鹭鸶写得活灵活现。

　　第一句描写白鹭的外形：白鹭纯白的羽毛好比"雪衣"，头顶白色的长毛好像"雪发"，玲珑的小嘴就像用青玉做成的一样，因此人们也称它为"雪衣公子"。第二句描写白鹭的活动：白鹭大都成群结队，在溪水中捕鱼嬉戏。后两句描写白鹭飞舞时的景象：白鹭群受到惊吓时，就在青山的映衬下远远飞去，美丽的姿态就像满树洁白的梨花在晚风中飞扬飘洒。

蝴　蝶（其一）

[唐] 徐　夤（yín）

不并难飞茧里蛾，有花芳处定经过。

天风相送轻飘去，却笑蜘蛛谩织罗。

- **不并**　和……不一样。
- **蛾**　指飞蛾。
- **谩**（màn）　通"漫"，空，徒劳。
- **织罗**　织网。

名家鉴赏

诗人徐夤是一个蝴蝶爱好者，写过好几首描写蝴蝶的诗，这首是其中之一。

诗人开篇不写蝴蝶，而是先写和蝴蝶类似的飞蛾，通过对比来表现蝴蝶的轻盈。蝴蝶和飞蛾不一样，飞蛾从茧里爬出来时，胖乎乎的体形，翅膀很短，几乎飞不起来；蝴蝶却姿态轻盈，在空中翩翩飞舞，只要是有鲜花的地方一定就会有它们的踪影。

后两句运用拟人的手法，赋予蝴蝶人类的情感：角落里有一只蜘蛛结了一张很大的网，正等待着蝴蝶扑到网上去，好饱餐一顿；没想到蝴蝶借助清风轻飘飘地飞远了，回过头来嘲笑蜘蛛白白费心一场。短短四句写出了一只活泼、机智、幽默而勇敢的蝴蝶，惹人怜爱。

约 客

[宋] 赵师秀

黄梅时节家家雨，青草池塘处处蛙。

有约不来过夜半，闲敲棋子落灯花。

- **约客** 约请客人来相会。
- **黄梅时节** 指夏初，江南梅子黄了，熟了，大都是阴雨连连的时候，所以称江南雨季为"黄梅时节"。
- **落灯花** 旧时以油灯照明，灯芯烧残，落下来时好像一朵闪亮的小花。灯花，灯芯燃尽结成的花状物。

名家鉴赏

"约客"即约客下棋，结果是"有约不来"，诗人不仅没有焦急，反而欣赏起了周围的美景，表现出一种闲适淡雅的趣味，极有韵味。

前两句写诗人所处的环境。时间上是"黄梅时节"，到处都在下雨；空间上是草地、池塘之中，草地和池塘里传来青蛙的欢叫声，十分热闹。

后两句写诗人等待时的活动。因为下雨，诗人知道客人可能来不了了，但潜意识中还抱着一线希望，才等到后半夜。等待时百无聊赖，便"闲敲棋子"，打发时间。时间太久了，油灯的灯芯都结成了灯花，随风脱落。

诗中突出运用了几种听觉形象——雨声、蛙声和闲敲棋子声，衬托出乡村五月夜晚的和平宁静，具有很强的美感。

春 日

[宋] 朱 熹（xī）

胜日寻芳泗水滨，无边光景一时新。
等闲识得东风面，万紫千红总是春。

- **胜日**　天气晴朗的日子。
- **寻芳**　春游踏青。芳，花草。
- **泗（sì）水**　指泗水河，发源于山东泗水。春秋时期，孔子曾在洙水和泗水边弹琴唱歌，聚徒讲学，后人就用"洙泗"来代指孔子和儒家。
- **等闲**　随便，到处都可以。

名家鉴赏

　　表面上看，这是一首描写春游踏青的诗，其实不然。朱熹是南方人，泗水在北方，当时被金国占领，朱熹到不了那里。所以，这是一篇虚构的诗歌，还原孔子讲学的场景，目的是勉励年轻人努力学习。

　　前两句的意思是：在一个天气晴朗的日子来到泗水河边观花赏草，只见无边无际的风光景物一时间都换了新颜。隐喻做学问贵在创新。

　　后两句的意思是：无论什么地方都可以看到春风的面貌，春风吹得百花开放、万紫千红，到处都是春天的景色。人们随时都能领略春游的欢乐，隐喻教育应该寓教于乐，将学生引入知识的殿堂。末句说万紫千红、百花齐放才是真正的春天，隐喻百家争鸣才是学术昌明的时代。

花 影

[宋] 苏 轼

重重叠叠上瑶台，几度呼童扫不开。

刚被太阳收拾去，却教明月送将来。

- ○ **重重叠叠** (chóng chóng dié dié)　形容地上的花影一层又一层，很浓厚。
- ○ **瑶** (yáo) **台**　华贵的亭台。
- ○ **几度**　几次。
- ○ **收拾去**　指日落时花影消失，好像被太阳收拾走了。
- ○ **教** (jiào)　让。

▍名家鉴赏

　　这是一首富有生活趣味的诗，描写了生活中常见的花影，写出了花影很难收拾的特点。

　　前两句写花影造成错觉，难以打扫。"重重叠叠"是形容台阶上的花影，好像落叶一样，因此作者喊童子来打扫。"几度呼童扫不开"，是作者设计的情节，在生活里可能会有类似的错觉，但不会多次出错，之所以这样设计，是为了表现"花影"的恼人。

　　后两句写作者对花影的观察。随着太阳落山，花影终于消失了，作者正想喘一口气。谁知，明月升起，花影再次出现。此外，作者将"太阳"和"明月"人格化，"太阳"是解决问题的人，而"明月"则是捣乱的人。从侧面写出了作者对"花影"和"明月"的恼怒，让人忍俊不禁。

夏夜追凉

[宋] 杨万里

夜热依然午热同，开门小立月明中。

竹深树密虫鸣处，时有微凉不是风。

- **追凉** 觅凉，取凉，纳凉。
- **夜热** 夜晚的炎热。
- **午热** 中午的炎热。

名家鉴赏

按理说，晚上比起中午应该凉快很多，但今天晚上和中午一样热得不行，怎么也睡不着，诗人内心的烦躁可想而知。为了求得一丝凉意，诗人只好走出门，站在皎洁的月光下。夏天晚上乘凉缺不了风，可是今天晚上却没有半点风，但诗人还是感受到了一些凉意（"微凉"）。凉意来自何处呢？原来诗人听到竹林和树林深处传来的虫叫声，内心宁静下来，感受到了宁静带来的凉意，也就是俗话说的"心静自然凉"。

游山西村

[宋] 陆 游

莫笑农家腊酒浑，丰年留客足鸡豚。

山重水复疑无路，柳暗花明又一村。

箫鼓追随春社近，衣冠简朴古风存。

从今若许闲乘月，拄杖无时夜叩门。

- **山西村**　村庄名,在今浙江绍兴。
- **腊酒**　腊月里酿造的酒。
- **足鸡豚**　准备了丰盛的菜肴。足,足够,丰盛。豚,小猪,诗中代指猪肉。
- **箫鼓**　吹箫打鼓。
- **春社**　古代把立春后第五个戊日作为春社,拜祭社公(土地神)和五谷神,祈求丰收。

名家鉴赏

这是一首游记诗,表现了农家人的热情淳朴。

前两句写了农家的热情好客和丰年的喜悦:不要笑农家的腊酒浑浊,在丰收年里他们杀鸡宰猪,待客非常热情。三、四句写沿途的景色和一路走来不断发现的趣味:山峦重叠,水流曲折,正担心无路可走;柳树浓绿,花朵明艳,眼前忽然又出现了一个山村。五、六句则写劳动人民的节日活动:吹箫打鼓的春社日已经接近,村民们衣着简朴,仍然保留着淳朴节俭的古代风俗。最后两句则写宴饮结束的告别:从今往后如果可以趁着大好月色闲游,我一定挂着拐杖随时来叩响你家大门。

卜算子·送鲍浩然之浙东

[宋] 王 观

水是眼波横，山是眉峰聚。欲问行人去那边？眉眼盈盈处。

才始送春归，又送君归去。若到江南赶上春，千万和春住。

○ **鲍 (bào) 浩然** 生平不详，作者的朋友，家住浙江东路，简称浙东。

○ **水是眼波横** 水像美人流动的眼波。古人常用水波比喻美人的眼睛，这里反过来使用。

○ **山是眉峰聚 (jù)** 山如美人蹙 (cù) 起的眉毛。古人常用远山比喻美人的眉毛，这里反过来使用。

○ **眉眼盈盈处** 比喻山水交汇的地方。盈盈，美好的样子。

▍名家鉴赏

这是一首富有趣味的送别词，作者送别友人鲍浩然，有感而发。

上片写送别时的风景。古人都是用水形容美人的眼，用山形容美人的眉，作者却一反常态，用美人的眼波来比喻眼前的流水，用美人的眉毛来比喻眼前的青山，不仅写出了山水的秀丽，也显得独到而富有奇趣。第四句的"眉眼盈盈处"与前两句一样，眉指山，眼指水，指鲍浩然要回到山清水秀的浙东老家，但给人的感觉就像一位眉开眼笑的姑娘在远方等着鲍浩然。

下片写送别时的话语。作者将春拟人化，说自己才送走了春天，又要送鲍浩然回去，希望他回去后赶上春天，和春天好好相处。真实的含义是作者希望鲍浩然千万要珍惜美好的时光。

天净沙·秋

[元] 白 朴

孤村落日残霞，轻烟老树寒鸦，一点飞鸿影下。

青山绿水，白草红叶黄花。

○ **残霞**（xiá） 快消散的晚霞。

○ **寒鸦** 天寒即将归林的乌鸦。

○ **飞鸿**（hóng） 天空中飞行着的鸿雁。

○ **红叶** 枫叶。

○ **黄花** 菊花。

▌名家鉴赏

　　这首小令的曲牌名与马致远的《天净沙·秋思》相同，但写作手法上却不完全相同。《天净沙·秋思》中的名词句集中在前三句，后两句句子成分完整；《天净沙·秋》的名词句分别为前两句和后两句，中间一句句子成分完整。因为都是写秋天，作品前两句中的意象与《天净沙·秋思》中的意象有雷同，体现了秋天的萧瑟。第三句化用了唐代诗人王勃的名句"落霞与孤鹜（wù）齐飞"，描写了一只落单的南归大雁。最后两句中用了"青""绿""白""红""黄"五种颜色，从山水到花草树木，色彩斑斓（lán），表现了秋光明媚的一面，使人感到美不胜收。但在原创性和深度上，不如马致远的《天净沙·秋思》。

观书有感（其一）

[宋] 朱 熹

半亩方塘一鉴开，天光云影共徘徊。
问渠那得清如许？为有源头活水来。

○ **鉴** 镜子。

○ **那得** 怎么会。那,同"哪",怎么。

○ **如许** 如此,这样。

名家鉴赏

　　这是一首抒发读书体会的哲理诗,诗人将理性的道理融入感性的形象中。

　　前两句是说半亩大的方塘像镜子一样展现在眼前,天空的光彩和浮云的影子在水面上闪耀浮动。"半亩方塘"不算大,但它像镜子一样澄澈明净,"天光云影"都映了进来,闪耀浮动,前两句的景象充满美感,使人心胸开阔。诗人将方塘比作明镜,能够倒映天光云影,说明方塘的水很清澈。诗人抓住方塘水清澈的特点,进一步挖掘,写出了颇有哲理的后两句:要问那方塘的水怎么会这样清澈呢? 是因为它的源头为它不断地输送活水。人和水一样,要想心灵澄明,就要不断学习新知识,如此才能达到新境界。

一字诗

[清] 陈　沆 (hàng)

一帆一桨一渔舟，一位渔翁一钓钩。
一俯一仰一场笑，一江明月一江秋。

- 桨 (jiǎng)　船桨。
- 俯 (fǔ)　头低下。
- 仰 (yǎng)　头抬起。

名家鉴赏

这是一首带有很强游戏性质的绝句，作者用了十个"一"字，勾勒出一位洒脱自然的渔翁。

全诗两联，每一联的上句有三个"一"字，下句有两个"一"字，形成特别的节奏，念起来既上口，又好玩。诗中与"一"字组合的词，虽然词性不完全相同，但都与渔翁有关。

其中的"帆""桨""渔舟""钓钩"，或大或小，都是打鱼的工具；"渔翁"是诗中人物；"俯""仰""笑"，则是渔翁的动作或表情；"明月"是景物；"秋"字点明时令。"一江明月"与"一江秋"中的"江"是量词，"明月"和"秋"一实一虚，准确地表明时间是秋天的一个夜晚。

竹 石

[清] 郑 燮 (xiè)

咬定青山不放松，立根原在破岩中。

千磨万击还坚劲，任尔东西南北风。

- **竹石** 扎根在石缝中的竹子。
- **咬定青山** 比喻根扎得结实，像咬着青山不松口一样。
- **破岩** 指岩石的缝隙。
- **坚劲** 坚强有力。
- **任尔** 任凭你。任，任凭。

名家鉴赏

郑燮，号板桥，清代著名的文学家、书画家。他常把竹子比喻成君子，赋予竹子以人的品格，表达自己的抱负和志向，所以他经常画竹子。这首诗是他题写在一幅竹石画上的。

全诗大意：竹子将自己的根深深地扎在石头缝中，丝毫也不敢放松。任凭四面八方的狂风暴雨千万次的折磨和打击、一年四季的霜打雪冻，它都顽强不屈，反而更加苍翠挺拔。

本诗通过对竹子的热情赞美和歌颂，表现了诗人自己处于恶境而不随风摇摆的刚劲风骨和高尚节操以及顽强奋斗的精神。

己亥杂诗（其二百二十）

[清] 龚自珍

九州生气恃风雷，万马齐喑究可哀。

我劝天公重抖擞，不拘一格降人才。

○ **生气**　生机勃勃的局面。

○ **恃**(shì)　依靠。

○ **喑**(yīn)　沉默。

○ **抖擞**(dǒu sǒu)　振作，奋发。

○ **降**(jiàng)　降临，降生。

名家鉴赏

　　龚自珍是清末著名的诗人，当时国家腐败，社会矛盾突出，列强对中国虎视眈眈，形势危急。清末人口有四亿左右，但朝廷中真正有才能的人却很少，因此诗人就写下了这首诗。

　　前两句直接赞美风神、雷神，说整个宇宙都是靠这两位神灵施威，才打破了沉闷空气，带来了风雷激荡的生机。后两句则是向天帝祈祷，恳请看在下界芸芸众生的面子上，降生大有作为的人，为人民消灾降福，确保国泰民安。

　　表面上看诗人在写大自然，其实是用自然界来比喻清末的中国，要使中国重新焕发生机，就需要依靠疾风迅雷般的威力，打破死气沉沉的政治局面。并且希望皇帝能奋发振作，打破陈规旧制，放手让各种各样的优秀人物发挥才能，拯救中国。

山坡羊·潼关怀古

[元] 张养浩

峰峦如聚，波涛如怒，山河表里潼关路。望西都，意踌躇。

伤心秦汉经行处，宫阙万间都做了土。

兴，百姓苦；亡，百姓苦！

○ **山坡羊**　曲牌名。

○ **潼 (tóng) 关**　古关口名，在今陕西临潼。为古代入陕门户，是历代的军事重地。

○ **表里**　内外。

○ **西都**　指长安（今陕西西安）。汉唐时期，长安和洛阳都是首都，长安在西边，被称为西都；洛阳在东边，被称为东都。

○ **踌躇 (chóu chú)**　犹豫不定、心事重重的样子。

▌名家鉴赏

　　潼关位于陕西、山西、河南三省交界的地带，北边临近黄河，南边靠近秦岭，西边连接华山，地势险要。因此作者就用"峰峦如聚"形容山峦之多，用"波涛如怒"形容黄河之险，给人雄关如铁的气势感，并自然地引出"山河表里潼关路"。作者这是在歌颂壮丽的河山吗？不是。即使有险峻的潼关，也不能阻止王朝的灭亡。作者登上潼关，远望古都长安，不由得心事重重，那里曾是秦汉时期的都城，但现在只剩下一片废墟。作者没有感叹王朝的更替，而是一针见血地道破了历史的真谛：封建王朝和人民群众是对立的，不管是兴荣还是衰亡，封建王朝都肆无忌惮地进行剥削，最后受苦的都是老百姓。

山 歌

[宋] 佚 名

月子弯弯照九州，几家欢乐几家愁？

几家夫妇同罗帐？几家飘散在他州？

○ **同罗帐** 这里是团聚在一起的意思。罗帐，用纱罗做成的帐幔。

○ **飘散** 漂泊离散。

▌名家鉴赏

    这是一首南宋民歌，讲述了南宋统治阶级在外族入侵时，实行不抵抗主义，偏安江南，过着骄奢淫逸的生活，使得老百姓流离失所，不得不漂泊他乡，与家人分离，饱受痛苦。

    这首民歌以"月子弯弯照九州"开始，揭示了同一弯明月下不同人的心境：有的欢乐，有的忧愁；有的阖家团圆，有的四散漂泊。这首民歌自产生以来，便一直传唱不衰，最根本的原因是这短短四句歌词，说尽了世上的苦乐和人间的不平，说出了老百姓的心声。

秋夜将晓出篱门迎凉有感

[宋] 陆 游

三万里河东入海，五千仞岳上摩天。

遗民泪尽胡尘里，南望王师又一年。

- **将晓** 天将要亮。
- **篱 (lí) 门** 竹子或树枝编的门。
- **迎凉** 出门感到一阵凉风。
- **摩天** 迫近高天，形容极高。摩，摩擦、接触或触摸。
- **遗民** 指在金占领区生活的汉族人民。

▌名家鉴赏

陆游是南宋时期的爱国诗人，立志收复中原，这首诗表达了他忧国忧民的爱国情怀。

前两句沉痛悼念中原失地。三万里长的黄河东流到海，五千仞高的华山高耸入天。华夏民族发源于中原大地，黄河、华山自古以来就是华夏民族的骄傲与象征。丧失中原对于华夏民族来说就等于丧失了根本。宋朝统治者丢失北方后，偏安于江南，无意收复失地。

后两句则思念中原的遗民。尽管南宋统治者已经无意收复失地，但诗人不死心，还要提一下醒——那些被金人统治的汉族同胞，在金人的压迫下流尽了眼泪，他们始终盼望朝廷收复失地，一年又一年，望眼欲穿。

浣溪沙·游蕲水清泉寺

[宋] 苏 轼

游蕲水清泉寺，寺临兰溪，溪水西流。

山下兰芽短浸溪，松间沙路净无泥，萧萧暮雨子规啼。

谁道人生无再少？门前流水尚能西！休将白发唱黄鸡。

- **蕲 (qí) 水** 县名，今湖北浠水。
- **浸** 泡在水中。
- **萧 (xiāo) 萧** 形容雨声。
- **唱黄鸡** 感慨时光的流逝。因黄鸡可以报晓，故表示时光的流逝。

▌名家鉴赏

这首词作于作者游览蕲水清泉寺时。当时，作者因为"乌台诗案"被贬为黄州（今湖北黄冈）团练副使，经常外出游玩，留下了许多千古名句。

上片写景：清泉寺山下有一条浅浅的溪流，岸边的兰草刚萌生出嫩芽，松林间的沙路很干净、不沾鞋（"净无泥"）。黄昏时候下起了毛毛雨，远处传来布谷鸟的叫声。

下片议论：谁说人生就不能再回到少年？门前的溪水还能向西边流淌！不要在老年感叹时光的飞逝！

中国的河流大都向东流向大海，人们就用东流表示时间流逝。作者却抓住"门前流水尚能西"的事实，表明人不必认命，不要服老。作者身处逆境之中，从自然景物中获得启迪，为自己打气，表现了作者积极的人生态度。

饮湖上初晴后雨（其二）

[宋] 苏 轼

水光潋滟晴方好，山色空蒙雨亦奇。

欲把西湖比西子，淡妆浓抹总相宜。

- **潋滟**（liàn yàn） 水面波光闪动的样子。
- **空蒙** 云雾迷茫的样子。
- **西子** 即西施。中国古代四大美女（西施、王昭君、貂蝉、杨玉环）之一。

名家鉴赏

作者曾长期在杭州做官，非常喜爱西湖，多次游览西湖，并写了很多诗，这首诗就是其中之一。

前两句写了西湖雨后方晴、才晴又雨的两种景色：雨后刚晴，在阳光的照耀下，西湖波光粼粼，显得很美；没多久又下起了雨，细雨蒙蒙中，远处的群山隐隐约约，若有若无，也显得非常奇妙。

后两句则把西湖比作西施，描写了西湖不同风景的美丽：若把西湖比作美女西施，不管淡妆还是浓抹，都十分适宜。也就是说，不管是晴天的西湖，还是雨中的西湖，都非常漂亮，惹人喜爱。

江上渔者

[宋] 范仲淹

江上往来人，但爱鲈鱼美。
君看一叶舟，出没风波里。

- **渔者**　捕鱼人。
- **鲈鱼**　一种淡水鱼,肉质肥嫩,味道鲜美。
- **一叶舟**　像一片树叶似的小船。这里代指捕鱼人。

名家鉴赏

　　这首诗第一句写江岸上人来人往,十分热闹,自然地引出第二句,原来江岸上的人都是因为喜爱肉质肥嫩、味道鲜美的鲈鱼啊!可他们却不知道捕捉鲈鱼的不易,不了解捕鱼人的艰辛。于是诗人在三、四句描写了一片树叶似的小船在风浪里时隐时现的场景。肉质肥嫩、味道鲜美的鲈鱼是捕鱼人冒着生命危险换来的。这首诗通过描写江岸上喜爱鲈鱼的人的热闹场面和捕鱼人风里来浪里去捕鱼的辛酸场面作对比,表达了诗人对捕鱼人命运的关切与同情,以及对"但爱鲈鱼美"的人的规劝。

乐游原

[唐] 李商隐

向晚意不适，驱车登古原。

夕阳无限好，只是近黄昏。

- **乐游原**　在今陕西西安南部，是唐代长安城内地势最高的地方，登上它可俯视整个长安城。
- **向晚**　傍晚。
- **不适**　不悦，不快。

名家鉴赏

　　前两句写诗人去乐游原的原因。黄昏的时候诗人心中愁闷，就赶着车登上了乐游原，排解心中的愁闷。后两句写诗人登上乐游原后对夕阳的赞美。夕阳在下山的时候特别红、特别圆、特别大，非常美好，只有接近黄昏的时候才会如此。

　　自古以来，人们写到黄昏的时候大都会感慨时间流逝，人生短暂，并产生负面情绪。诗人与他们不同，他因为有负面情绪才登乐游原，看到夕阳后，欣赏起了夕阳的美丽，并夸赞夕阳出现的时间正好，告诫我们：即使在遇到挫折时，也要给自己积极的心理暗示。

秋 词

[唐] 刘禹锡

自古逢秋悲寂寥，我言秋日胜春朝。
晴空一鹤排云上，便引诗情到碧霄。

○ **寂寥**（jì liáo）　空旷无声，萧条空寂，这里指景象凄凉。

○ **春朝**（zhāo）　早春。朝，本指早晨，这里指刚开始。

○ **排云**　推开白云。排，推开，冲破。

○ **碧霄**（bì xiāo）　青天。

▌名家鉴赏

　　刘禹锡因为得罪权贵多次被贬到偏远地区做官，可他却从不屈服，即使身处逆境，依然乐观向上，充满奋发进取的豪情。

　　秋天，落叶纷飞，万物萧条，所以诗人大都有悲秋的传统，也就有了"自古逢秋悲寂寥"。作者却说秋天比春天更好（"我言秋日胜春朝"），令人耳目一新。

　　秋天的景象很多，作者选取了鹤引颈高飞的姿势，如箭一般直插云天，在晴空之中，尤为醒目（"晴空一鹤排云上"），引得作者豪气冲天（"便引诗情到碧霄"）。

　　诗中的晴空一鹤，显然不是什么眼前景，而是作者想象出来的，用来象征一种昂扬的斗志。

菊 花

[唐] 元 稹

秋丛绕舍似陶家，遍绕篱边日渐斜。

不是花中偏爱菊，此花开尽更无花。

- **舍** (shè)　居住的房子。
- **陶家**　陶渊明的家。陶，指东晋诗人陶渊明，特别喜爱菊花。
- **篱**　篱笆。
- **日渐斜**　太阳渐渐落山。斜，倾斜。
- **更** (gèng)　再。

名家鉴赏

这是一首咏物诗，咏的对象是菊花。

前两句描写，写作者在屋外篱边种了很多菊花，菊花盛开时，就像喜爱菊花的诗人陶渊明家一样。文中连用了两个"绕"字，可见作者住所菊花种得多，开得繁，也写出作者对菊花的喜爱之情，怎么看也不嫌烦。

后两句议论："此花"当然是指菊花，说菊花之后就没有花了的说法是错误的，山茶花、木芙蓉、水仙和梅花都是菊花之后才开放的。这样的话都说得出来，可见作者是个偏爱菊花的人。而这首诗的诗味，正出在这一句。

晚 春（其一）

[唐] 韩 愈

草树知春不久归，百般红紫斗芳菲。

杨花榆荚无才思，惟解漫天作雪飞。

- ○ **杨花** 指柳絮。
- ○ **榆荚**（jiá） 指榆钱。
- ○ **才思** 本指才华和能力，这里指柳絮和榆荚没有鲜艳的颜色和香味。
- ○ **惟解** 只知道。解，知道。

名家鉴赏

诗人用短短的四句诗，就准确地写出了晚春的景色。运用拟人手法，将花草树木都人格化，赋予它们人的情感，读起来生动有趣。

晚春时节，花草树木都知道春天就要过去了，为了留住她，都使出浑身招数，一刹那万紫千红，繁花似锦。可笑那本来没有鲜艳颜色和香味的柳絮、榆荚也来凑热闹，随风飞舞，洋洋洒洒，像雪花一样漫天飞舞。表面上好像是在嘲笑柳絮、榆荚，其实并不是。柳絮、榆荚如雪又何尝不美？它们也是晚春特征性景物之一，没有漫天飞舞的它们，纵使万紫千红，春天也还是不完整的。

登科后

[唐] 孟 郊

昔日龌龊不足夸，今朝放荡思无涯。

春风得意马蹄疾，一日看尽长安花。

- **登科** 指科举考试时被录取。
- **龌龊**（wò chuò） 指处境不如意和思想上的拘谨局促。
- **放荡** 自由自在，无所拘束。

名家鉴赏

　　唐朝时期，科举考试的录取比例低，每科只录取二三十人，很多人都是考了好几次才考中。考中的人会骑着高头大马在长安大街上巡游，老百姓们也会倾城出动，争相观看。孟郊年轻的时候就开始参加科举考试，但直到四十六岁才考中，高兴之余，他写下了这首诗。

　　全诗大意：过去的穷困潦倒、心情抑郁如今都不值一提了，今天心情愉快、无拘无束，真是说不出的畅快。春风吹来，马蹄轻快，我骑着高头大马巡游在长安大街上，一天之内看尽了长安城的花花草草。

　　读完这首诗，我们完全可以想象出诗人当时骑着骏马、戴着红花，在长安大街巡游时的志得意满。

咏 蟹

[唐] 皮日休

未游沧海早知名，有骨还从肉上生。

莫道无心畏雷电，海龙王处也横行。

- **沧海**　大海。
- **骨**　螃蟹身上坚硬的外壳是一种特殊的骨头，叫外骨骼。
- **海龙王**　传说中掌管大海的龙神。

名家鉴赏

　　螃蟹是一种美味的食物，内地的江河湖泊中经常能看到，所以诗人说即使还没有游历大海，也早已经知道螃蟹。第二句诗人紧抓住螃蟹的重要特征，向我们描述了螃蟹的外形特点：它柔软的蟹肉外面还覆盖着一层硬壳。这是螃蟹的自我保护，也是它的特点。

　　后两句则是对螃蟹的赞美，也是全诗的点睛之笔：不要说它没有心肠，它哪里怕什么雷电，它在海龙王面前也敢横着走路呢！对螃蟹而言，它天生八只脚爪，只能横着爬行，这是它的天性。诗人却说螃蟹"海龙王处也横行"，就十分幽默地指出了螃蟹的天性难移，读来非常有趣。

江村即事

[唐] 司空曙（shǔ）

钓罢归来不系船，江村月落正堪眠。
纵然一夜风吹去，只在芦花浅水边。

○ **即事** 以当前的事物、情景为题材所写的诗。

○ **钓罢** 钓完鱼。罢，完了。

○ **堪眠** 可以睡觉。堪，可以，能够。

名家鉴赏

　　诗人以渔夫为题材，讲述了一位渔夫闲适而富有诗意的生活，无忧无虑，令人向往。

　　前两句写眼前的景象：渔夫的闲适生活。渔夫钓完鱼，心满意足，没有忧虑，什么事也不想，连船都不系，任它随着江水荡漾；此时月亮即将落下，渔夫怀着惬意的心情，美美地睡去。

　　后两句写想象的景象，也是本诗的趣味所在。虽然没有系船，但渔夫毫不担心，因为就算船被风吹到远方，也不用担心，最多只会搁浅在开满芦花的浅水岸边。

逢入京使

[唐] 岑 参（shēn）

故园东望路漫漫，双袖龙钟泪不干。

马上相逢无纸笔，凭君传语报平安。

- **入京使** 回京的使者。
- **龙钟** 涕泪淋漓的样子，这里指泪水沾湿了衣服。
- **凭** 托，请。
- **传语** 捎口信。

名家鉴赏

　　岑参出身于世家，家道中落，为了振兴家业，他投身军旅，来到了西部边塞。这首诗是他在路边遇到进京的使者，托使者给家里人捎口信时写的。

　　前两句写诗人的思乡之情：回首故乡，已经离我非常遥远，想到这里，禁不住泪流满面，泪水打湿了双袖。后两句表现诗人的决心和豪情：在前往边塞的途中遇到了进京的使者，因为骑马相逢，没有携带纸和笔，没法写信，那就请您帮我给家人报一下平安吧。

　　虽然诗人内心对家乡依依不舍，但更多的是一种对前途自信、乐观的态度。所以，诗人才会有"马上相逢无纸笔，凭君传语报平安"的豪迈大度，表现了诗人广阔的胸襟和不凡的抱负，以及追求理想、勇往直前的积极乐观的精神。

行军九日思长安故园

[唐] 岑 参

强欲登高去，无人送酒来。

遥怜故园菊，应傍战场开。

○ **九日** 即九月九日，重阳节。

○ **强** 勉强。

○ **怜** 可怜。

○ **傍** 靠近，接近。

名家鉴赏

　　和王维的《九月九日忆山东兄弟》一样，这首诗也是在重阳节那天创作的。但相比王维诗的思乡和伤感，本诗则饱含阳刚之气，豪迈爽快，壮美动人。

　　唐玄宗时，安禄山起兵叛乱，占领了首都长安。经过几年的战斗，唐军即将与敌人决战，诗人就是大军中的一员。在这样危急的关头过重阳节，既没有美酒，也没有菊花，所以诗人才会说勉强想要登上高处，可惜没有人送酒。但是，诗人并没有沉浸在这种失落和遗憾中，而是乐观地想象：我在长安的家，院子里种满了菊花，它们因为思念我，肯定也会在重阳节这天向着战场的方向盛开！

　　这首诗在浓郁的思乡之情中，融入了诗人的爱国激情和军人的坚韧刚毅，让人肃然起敬。

赠花卿

[唐] 杜 甫

锦城丝管日纷纷，半入江风半入云。

此曲只应天上有，人间能得几回闻。

○ **丝管**　弦乐器和管乐器，这里泛指音乐。
○ **纷纷**　形容乐曲的轻柔、悠扬。

▌名家鉴赏

　　本诗中的花卿是唐朝的一位将领，因为曾立下战功，所以骄傲自满，为人处世奢侈放纵。杜甫就写了这首诗进行讥讽。

　　"锦城丝管日纷纷"，写花卿在成都每天都是宴饮歌舞；"半入江风半入云"，写音乐声随风荡漾在锦江上空，更多地飘入云空，缥缈悠扬。最后两句，表面上是把乐曲比作天上仙乐，说只有神仙才能听到，人间听不到几回。实际上，则是委婉地讽刺花卿的享受几乎和皇帝一样，已经超出了臣子的本分。

　　后来，人们就用"此曲只应天上有，人间能得几回闻"来形容歌曲、音乐优美动听，世间少有。

月夜忆舍弟

[唐] 杜 甫

戍鼓断人行，边秋一雁声。

露从今夜白，月是故乡明。

有弟皆分散，无家问死生。

寄书长不达，况乃未休兵。

○ **舍弟** 对自己弟弟的谦称。

○ **戍鼓** 戍楼上的更鼓。戍，驻防。

○ **一雁** 孤雁。古人以雁行比喻兄弟，一雁，比喻兄弟分散。

○ **况乃** 何况是。

○ **未休兵** 战争还没结束。

▌名家鉴赏

本诗是杜甫在秦州（今甘肃天水）所作。当时正值"安史之乱"，杜甫的几个弟弟都在战乱中失去了消息，诗人通过这首诗表达了自己的担心和思念之情。

全诗大意：从戍楼上传来宵禁的鼓声，人们不能再在外面活动了；而秋空飞过的孤雁，就像我们兄弟几个四散天涯。今晚进入白露节气，从此天气更凉，何况是在秦州这样的边远地方；而月亮，还是故乡的更加皎洁明亮。我的几个弟弟全都流离失所，无法打听消息，不知是生是死。平时寄回去的书信尚且很难收到回信，何况是这样的战争年月呢。

别董大（其一）

[唐] 高 适

千里黄云白日曛，北风吹雁雪纷纷。

莫愁前路无知己，天下谁人不识君？

○ **董大**　指董庭兰，是当时有名的音乐家。在其兄弟中排行老大，故称"董大"。

○ **黄云**　乌云。在阳光下，乌云呈暗黄色，所以叫黄云。

○ **白日曛**(xūn)　太阳黯淡无光。曛，昏暗。

▌名家鉴赏

这是一首送别诗，诗人别出心裁，鼓励远行的朋友，成为流传千古的名诗。

前两句描写了送别时的天气极其恶劣：满天乌云，太阳也变得黯淡无光，北风呼呼地吹，大雁在纷飞的雪花中向南飞去。送别的时候本身就很伤感，配上风雪交加的天气，更让人感到悲伤。

后两句却急转直下，诗人没有继续写感伤气短的话，反而用充满信心的口吻鼓励友人踏上征途：不要担心新去的地方没有朋友，就凭你的音乐修养，天下还有谁会不认识你呢？跳出了一般送别诗的悲伤低落情绪，表达了诗人的壮志豪情，体现了诗人乐观自信的人生态度。

月 夜

[唐] 刘方平

更深月色半人家，北斗阑干南斗斜。

今夜偏知春气暖，虫声新透绿窗纱。

○ **更**（gēng）**深** 夜深了。更，古时计算时间，一晚分成五更。

○ **阑**（lán）**干** 倾斜的样子。

○ **斜** 倾斜。

○ **偏知** 才知道。

○ **新透** 第一次透过。新，初，第一次。

▌名家鉴赏

　　夜深的时候，明月西斜，一半的庭院笼罩在月色中，我们不禁想象：另一半呢？当然是阴影了。随着时间的推移，天上的星空也会发生变化，此时是正月，天空中北斗、南斗互相辉映（"北斗阑干南斗斜"）。这两句合在一起，就写出了春夜的寂静安宁。

　　"今夜偏知春气暖"，月夜一般给人的感觉是清凉的，很难有暖意，尤其是正月的夜晚。诗人之所以觉得"春气暖"，感觉到了春天的来临，是因为他听到了久违的虫声（"虫声新透绿窗纱"）。唧唧的虫鸣透过绿色的窗纱第一次传到房间里，诗人此时才发觉春天到来，内心的惊喜可想而知。

黄鹤楼

[唐] 崔 颢 (hào)

昔人已乘黄鹤去，此地空余黄鹤楼。

黄鹤一去不复返，白云千载空悠悠。

晴川历历汉阳树，芳草萋萋鹦鹉洲。

日暮乡关何处是？烟波江上使人愁。

- **空余** 只留下。空，仅仅，只。余，留下。
- **晴川历历汉阳树** 阳光照耀下的汉阳树木清晰可见。历历，清晰可见的样子。汉阳，地名，今湖北武汉汉阳，与黄鹤楼隔江相望。
- **芳草萋萋鹦鹉洲** 鹦鹉洲上芳草碧绿。萋萋，草木茂盛的样子。鹦鹉洲，汉阳西南长江中的一个沙洲。
- **乡关** 家乡。

名家鉴赏

　　崔颢的这首《黄鹤楼》在唐朝就已经很有名了。传说，有一次"诗仙"李白登上了黄鹤楼，想要赋诗一首，结果看到了崔颢的这首诗，自觉无法超越，就搁下笔，不写了。

　　这首诗前四句都是抚今追昔：仙人已经骑鹤远去，这里只剩下一座黄鹤楼。黄鹤一去不返，千百年来只有白云来去悠悠。后四句又回到眼前的景物：清晰可见的汉阳树，草木茂盛的鹦鹉洲，正是一番好风景啊。然而，风景再好也不是我的家乡。在美景的刺激下，作者漂泊他乡的孤独感和对故乡的思念之情油然而生。看看眼前沉沉的暮色、坠下的夕阳和烟波浩渺的江面，这种乡愁更加深沉浓烈。

送友人

[唐] 李 白

青山横北郭，白水绕东城。

此地一为别，孤蓬万里征。

浮云游子意，落日故人情。

挥手自兹去，萧萧班马鸣。

- **白水** 清澈的水。
- **孤蓬**（péng） 指远行的朋友。蓬，一种植物，干枯后会随风飞走，人们就用来形容远离家乡的游子。
- **兹** 这，此。
- **萧萧** 马的嘶叫声。
- **班马** 离群的马，这里指载人远离的马。班，分别，离别。

名家鉴赏

这是一首典型的送别诗，表达了诗人对朋友的依依不舍之情。

前两句是对送别场景的描写，宣城（今安徽宣城，诗人晚年定居宣城）坐落在"青山""白水"中，山清水秀，令人留恋。三、四句写诗人在此与友人分别，运用比喻的手法，说友人就像孤蓬一样，飞到万里之外，不知道什么时候才能安定下来，也不知道什么时候才能再见。五、六句是前文的延续，增添了"浮云"和"落日"两种景象，并用来象征友人和自己。友人像"浮云"一样，即将远行；诗人像"落日"一样，期待朋友能够留下。但是，送君千里，终须一别。两人在城外挥手告别，连一路走来的两匹马儿都因为不忍分离而相对长嘶，何况人呢？

田园乐（其六）

[唐] 王 维

桃红复含宿雨，柳绿更带朝烟。
花落家童未扫，莺啼山客犹眠。

- **宿雨** 昨夜下的雨。
- **朝（zhāo）烟** 指清晨的雾气。
- **家童** 童仆。
- **山客** 隐居山庄的人，这里指诗人自己。

名家鉴赏

王维是唐朝著名的画家、诗人，他的诗读起来就像一幅幅美丽的山水画，人们称赞他的作品"诗中有画，画中有诗"，这首诗就是其中之一，描写了诗人隐居田园的闲适快乐。

前两句描写雨后清晨的田园景色。深红浅红的桃花上还残留着昨夜的雨滴，看起来更加柔和可爱；碧绿的柳丝笼罩在清晨的雾气中，若隐若现，更加袅娜迷人。

后两句描写诗人的田园生活。因为下了一夜的雨，许多花瓣都跌落枝头，小童子还没来得及打扫，花瓣铺了一地；远处传来黄莺的婉转啼鸣，但诗人依旧酣睡不醒。

送元二使安西

[唐] 王 维

渭城朝雨浥轻尘，客舍青青柳色新。

劝君更尽一杯酒，西出阳关无故人。

- **安西** 指唐朝时期在西域地区设置的安西都护府。
- **渭**（wèi）**城** 在今陕西西安西北。
- **浥**（yì） 湿润。
- **阳关** 汉朝设置的边关名，故址在今甘肃敦煌西南，跟玉门关一样，都是丝绸之路上的重要关口。

▌名家鉴赏

　　前两句写送别时的景象：平日里通往西域的大道车马来往，尘土飞扬，让人犯愁。早晨下了一场雨后，尘土飞扬不起来，天气晴朗，空气也分外新鲜；旅店旁的柳树在雨水的洗润后苍翠欲滴。这一切都令人心旷神怡，也极大地冲淡了别离的愁情。

　　后两句是诗人劝酒的话：送行酒已喝了好几杯，让我再敬你一杯，毕竟出了阳关你就再也见不到亲友了。仿佛只要友人喝下这杯酒，就能带走亲友们的深情厚谊，作为以后出使日子里的慰藉，也表达了诗人真挚浓厚的感情。

过故人庄

[唐] 孟浩然

故人具鸡黍，邀我至田家。

绿树村边合，青山郭外斜。

开轩面场圃，把酒话桑麻。

待到重阳日，还来就菊花。

- **过故人庄**　拜访老朋友的田庄。过，拜访。庄，田庄。
- **具鸡黍 (shǔ)**　准备待客的丰盛饭食。具，准备。鸡黍，农家待客的丰盛饭食。黍，黄米。
- **斜**　倾斜。
- **场圃**　打谷场和菜园。场，打谷场。圃，菜园。
- **话桑麻**　闲谈农事。桑麻，桑树和麻，这里泛指庄稼。

名家鉴赏

　　这是一首叙事诗，诗人按照时间顺序记述了到乡下友人家做客的事情。

　　前两句写友人准备了丰盛的饭食，邀请诗人去做客。三、四句写诗人前往友人家时沿途的景色：村庄坐落在城外，傍着一带青山，为绿树所环绕。五、六句描写诗人和友人欢聚的场景：打开窗户，面对着打谷场和菜园而坐，宾主把酒言欢，言谈间说的是农事。最后两句，酒足饭饱的诗人兴致还很高，和友人约定重阳节还要再来，一起欣赏菊花。

　　这是一次普普通通的做客，在一个普普通通的农家，诗人却成功地创造了一种和平的、理想的田园生活，写出了诗人醉心于友情和大自然的喜悦之情。

送杜少府之任蜀州

〔唐〕王 勃

城阙辅三秦，风烟望五津。

与君离别意，同是宦游人。

海内存知己，天涯若比邻。

无为在歧路，儿女共沾巾。

- **城阙** 指唐代的首都长安。
- **三秦** 长安城附近的关中地区。秦朝末年，项羽破秦，把关中分为三个部分，分别封给三个秦国的降将，所以称三秦。
- **五津** 岷江的五个渡口，这里指蜀州。津，渡口。
- **宦 (huàn) 游** 指离开家乡在外地做官。
- **歧 (qí) 路** 岔路。古人送行常在大路分岔处告别。

名家鉴赏

诗人王勃从长安送一位姓杜的朋友到四川做官，写下了这首送别诗。

前两句点出了送行的地点和杜少府的去向。在古代，只有首都等少数几个城市比较繁华，所以离开京城到地方做官的人会有很大的心理落差。因为诗人也是做官的人，早晚会有这一天，就说了"与君离别意，同是宦游人"，强调自己对朋友心情的理解。为了缓解朋友的悲伤，诗人道出了两句豪言壮语："海内存知己，天涯若比邻。"读后让人胸怀宽广、态度乐观。最后两句诗人转换口气，用略带戏谑的口吻说：虽是依依惜别，但我们不应该像小儿女分手时那样哭哭啼啼。舒缓了离别时的气氛，使诗歌不至于太严肃、太凝重。

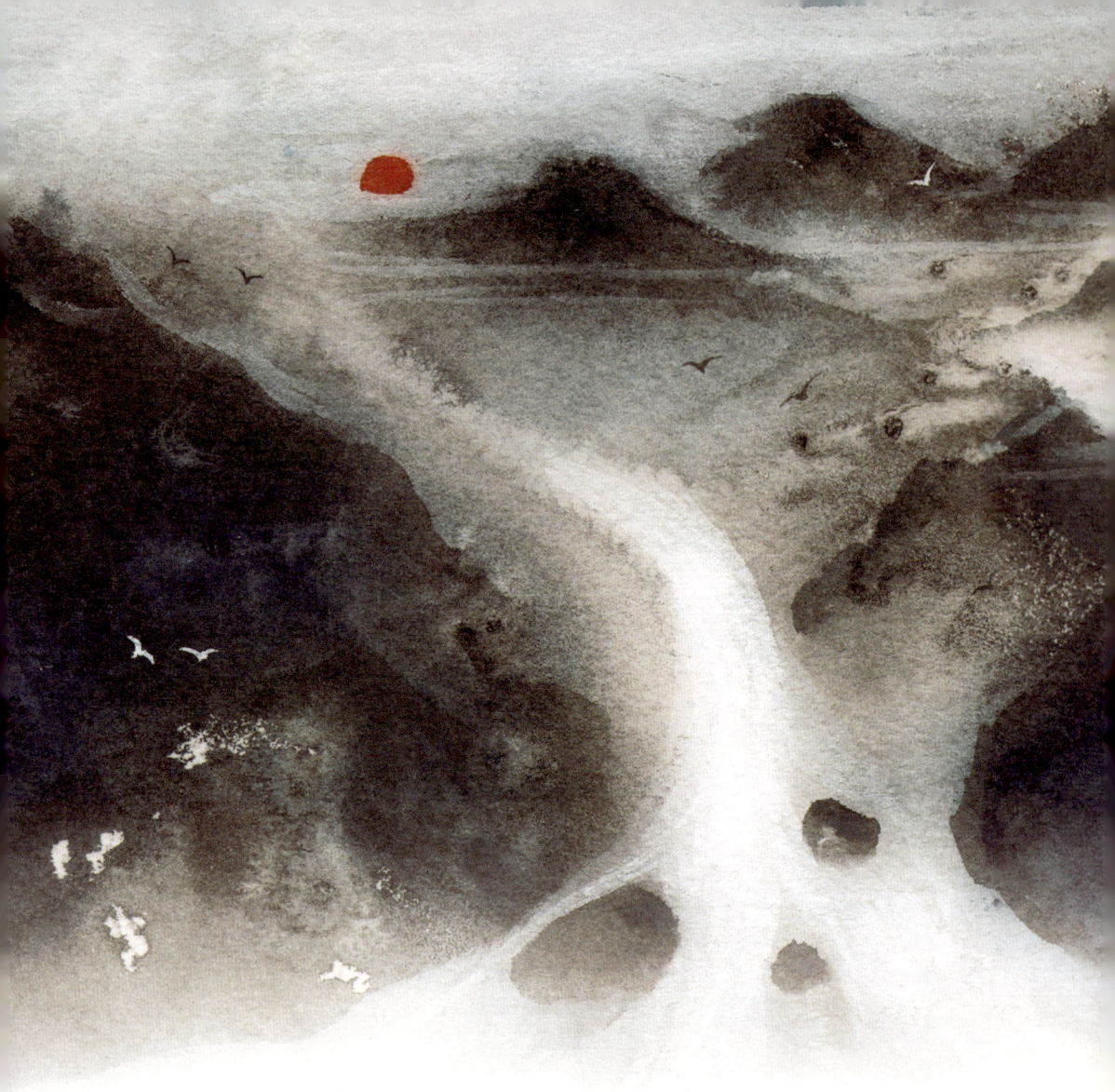

长歌行

《汉乐府》

青青园中葵，朝露待日晞。

阳春布德泽，万物生光辉。

常恐秋节至，焜黄华叶衰。

百川东到海，何时复西归？

少壮不努力，老大徒伤悲！

○ **葵** (kuí)　蔬菜名，中国古代一种重要的蔬菜。

○ **晞** (xī)　天亮，引申为阳光照耀。

○ **阳春布德泽**　春天把植物生长需要的阳光和雨露赐给它们。布，给予。德泽，恩惠。

○ **焜** (kūn) **黄**　形容草木凋落枯黄的样子。

○ **华** (huā)　同"花"，花朵。

▌名家鉴赏

这是一首告诫人们珍惜时光的诗歌，非常有名。

全诗大意：园中的葵菜郁郁葱葱，晶莹的露珠等太阳出来才会蒸发。春天把雨露和阳光洒满了大地，万物都是一派欣欣向荣的景象。常常害怕秋天来到，树叶变黄，花朵凋谢，草木枯萎。河流奔腾着直到东海，什么时候才能回到西面？年轻的时候不知道努力，老了只能是悔恨一生。

本诗以春、秋季节的交替，来比喻人由少到老的一生；由百川东流入海，来形容时光的一去不复返。最后两句"少壮不努力，老大徒伤悲"是全诗的主旨，劝人及时努力，不要虚度青春。

芙蓉楼送辛渐（其一）

[唐] 王昌龄

寒雨连江夜入吴，平明送客楚山孤。

洛阳亲友如相问，一片冰心在玉壶。

- **芙 (fú) 蓉楼**　原名西北楼，在润州（今江苏镇江）。
- **吴**　三国时期的吴国在长江中下游一带，所以称这一带为吴。
- **平明**　天亮的时候。
- **楚山**　春秋时的楚国在长江中下游一带，所以称这一带的山为楚山。
- **冰心**　比喻纯洁的心。

名家鉴赏

这是一首送行诗，也是诗人借送别而写的自白诗，表明自己坚守原则，矢志不移。

诗人的好友辛渐正要到洛阳去，诗人王昌龄坐船相送，一直送到芙蓉楼。寒冷的秋雨连绵不绝，似乎也一路跟着他们来到润州；天亮的时候友人离去，只留下诗人和身边苍茫的楚山，诗人感到十分孤独、失落。临行前诗人最后叮嘱一句："洛阳亲友如相问，一片冰心在玉壶。"意思是：如果洛阳的亲友们向你打听我，你就说我的心就像一直待在清澈无瑕、澄空见底的玉壶中一样，始终纯洁无瑕。

相 思

[唐] 王 维

红豆生南国，春来发几枝。

愿君多采撷，此物最相思。

○ **红豆**　又名相思子，一种生长在江南地区的植物，结出的种子呈鲜红色。

○ **采撷（xié）**　采摘。

名家鉴赏

　　这首诗虽然简单，却是唐诗中最能表达相思的一首，广为流传，红豆也成为相思的象征。

　　诗人王维为什么要用红豆来寄托相思呢? 传说有一位女子思念远方的丈夫，经常站在高处盼望丈夫归来，因为等不到，经常流泪，最后伤心而死。后来，在她眼泪滴落的地方长出了一棵树，结出的果实就是红豆。所以人们也叫红豆为"相思子"。

　　在诗中，"春来"还是"秋来"，无关紧要，关键在于"发几枝"，表达诗人对红豆的喜爱；"多采撷"还是"少采撷"也无关紧要，关键在于"此物最相思"，寄托了人们的相思之情。

竹里馆

[唐] 王 维

独坐幽篁里，弹琴复长啸。

深林人不知，明月来相照。

- **幽篁** (huáng)　幽深的竹林。篁，竹子。
- **长啸** (xiào)　这里指吟咏、歌唱。古代的文人逸士常用来抒发感情。啸，撮口发出长而清脆的声音，类似于吹口哨。

名家鉴赏

　　竹里馆是诗人在辋 (wǎng) 川的一片竹林之中修建的房屋，环境幽静，他经常在这里饮酒、赋诗、弹琴，怡然自得，这首诗就是对这种生活的描写。

　　诗人独自坐在幽深的竹林里，一边弹琴一边长啸。竹林茂密没有人来应和，幸好有一轮皎洁的明月穿过竹林的间隙，默默陪着诗人（"明月来相照"）。这些景物组合在一起，构成了一幅恬静闲适的画！诗人成了一位隐居竹林的名士，过着悠然闲适、安然自得、物我两忘的生活。

江南逢李龟年

[唐] 杜 甫

岐王宅里寻常见，崔九堂前几度闻。

正是江南好风景，落花时节又逢君。

○ **李龟年** 唐朝著名乐师，擅长唱歌，因为受到皇帝唐玄宗的宠幸而红极一时。"安史之乱"后，李龟年流落江南，卖艺为生。

○ **岐王** 唐玄宗的弟弟李范。

○ **寻常** 经常。

○ **崔九** 唐玄宗时的一个大臣，因为在兄弟中排行第九，所以叫"崔九"。

■ 名家鉴赏

　　全诗大意：曾经在岐王和崔九家里听过你的歌声，他们两个人都是当时的权贵人物，你我都曾是他们的座上宾。没有想到，在这风景一派大好的江南，正是落花时节的暮春三月，竟然还能遇到你这位老熟人。

　　杜甫年轻时外出游学，结交了很多知名的人，其中包括著名的音乐家李龟年。"安史之乱"后，家国巨变，很多人流离失所，曾经的大名人，却成了今日的漂泊者。两人历经磨难，偶然在江南重逢，这里面肯定有很多的辛酸和感慨，完全可以写成一本厚厚的回忆录。诗人却用一首绝句来概括，这短短的二十八个字饱含着作者对世事难料和沧桑巨变的感慨。

听邻家吹笙°

[唐] 郎士元

凤吹声°如隔彩霞，不知墙外是谁家。
重门°深锁无寻处，疑有碧桃千树花。

○ **笙** (shēng)　一种传统的簧 (huáng) 管乐器。
○ **凤吹声**　指吹笙的声音。因为笙的外形就像凤凰的翅膀，发出来的声音清亮，就好像凤凰鸣叫，所以人们就称吹笙为"凤吹"。
○ **重** (chóng) **门**　重重的大门。

名家鉴赏

　　这是一首听笙诗，诗人并没有直接描写乐声如何动听，而是通过自己因为被乐声吸引而一路寻找，最终求而不得，进一步产生了一个美丽的幻想的描写，衬托出了乐声的动听、明媚、欢快。

　　全诗大意：听见一阵阵笙曲从邻居家传来，声音美妙动听，像是隔着彩霞从天上而来。听得人如痴如醉，忍不住就想知道与自己一墙之隔的到底是哪户邻居，于是起身追随着乐声开始寻找。然而，邻家重重大门紧闭，尽管一墙之隔，也让人无法进去。怅惘之外，生出了更加强烈的渴望，因此激发了一个十分绚丽的幻想：这乐声如此热烈欢快，邻居家里可能有千株桃树，正灼灼其华，和这乐声相映成趣。

夜上受降城闻笛

[唐] 李 益

回乐烽前沙似雪，受降城外月如霜。
不知何处吹芦管，一夜征人尽望乡。

- **受降城** 在今内蒙古自治区境内。唐朝时，为了接纳投降的突厥贵族，就在边界修建了受降城。
- **回乐烽** 指回乐县（今宁夏灵武）附近的烽火台。
- **芦管** 笛子。
- **征人** 指戍守边疆的士兵。

名家鉴赏

　　唐代初年时边关连年征战，很多士兵长期驻守在边关不能回家，心中充满了对战争的厌恶和对家乡的思念。这首诗就是对士兵们这种心理状态的描写，表现了诗人对战争的厌恶和对士兵的同情。

　　全诗大意：登上受降城远远眺望，万里沙漠和矗立的烽火台笼罩在朦胧的月色里。月光照在沙子上，明晃晃的仿佛积雪，城外地面也像铺上了一层白花花的霜，让人心生寒意。这时，寒风中传来一阵凄怨的笛声，如泣如诉，如怨如慕，一夜间戍边的士兵纷纷被勾起了思乡之情，个个遥望家乡。

题破山寺后禅院

[唐] 常　建

清晨入古寺，初日照高林。

曲径通幽处，禅房花木深。

山光悦鸟性，潭影空人心。

万籁此俱寂，但余钟磬音。

- **破山寺**　在今江苏常熟虞山北。
- **禅 (chán) 院**　僧人修行居住的地方。
- **潭影**　清澈潭水中的倒影。
- **万籁 (lài)**　各种声音。籁，声音。
- **钟磬 (qìng)**　钟和磬，佛教法器。

▎名家鉴赏

　　这首诗类似一篇游记，描写诗人清晨游览破山寺后禅院的情景，表现了寺庙的幽静和诗人所感受到的宁静安详。

　　全诗大意：诗人到达寺庙的这个清晨天气晴好，旭日初升，阳光照耀着山林。穿过竹林，诗人沿着弯弯曲曲的山路往上走，只觉得环境越来越幽深。最后来到禅院，这里有很多花草树木，使人感觉眼前一亮。举目四望，寺庙后面的青山沐浴着阳光，鸟儿们在树林中欢唱；看着清澈的潭水中自己的倒影，觉得内心就和这澄澈的潭水一样宁静安详。这时，寺庙内一片寂静，没有一点声音，只听见远处传来悠悠的钟磬之音。

乌衣巷

[唐] 刘禹锡

朱雀桥边野草花，乌衣巷口夕阳斜。

旧时王谢堂前燕，飞入寻常百姓家。

○ **乌衣巷**　在今江苏南京秦淮河边。三国时期，东吴的禁军驻扎在此，由于当时禁军身穿黑色军服，所以称此地为"乌衣巷"。

○ **朱雀桥**　是秦淮河上的一座桥，在乌衣巷旁边。

○ **斜**　倾斜。

名家鉴赏

　　东晋时期，王导和谢安的家族最为显赫，他们都居住在乌衣巷，往来的都是当时的贵族，乌衣巷也是当时最繁华的地方之一。几百年后，诗人来到乌衣巷，这里发生了巨大变化，桥边长满野草野花，曾经居住在这里的王、谢家族消失不见，于是诗人写下了这首诗，抚今追昔，抒写了历史的沧桑变化。

　　全诗大意：朱雀桥边长满了野生的花草，夕阳的余晖落在乌衣巷口，显现出一派荒凉萧瑟的景象。当年在王家、谢家房檐下筑巢的燕子，如今都飞到了平常的老百姓家里。

　　东晋时期的燕子自然不能活到唐朝，这里指王、谢家族败落，乌衣巷成了普通百姓居住的地方。

石头城

[唐] 刘禹锡

山围故国周遭在，潮打空城寂寞回。
淮水东边旧时月，夜深还过女墙来。

- **石头城**　即今江苏南京。三国时期，东吴在南京就石壁筑城戍守，称之为石头城。
- **故国**　指石头城。
- **周遭**　围绕，环绕。
- **淮水**　指秦淮河。
- **女墙**　指城墙上筑起的墙垛。

名家鉴赏

　　与《乌衣巷》一样，这也是一首抚今追昔的诗。南京是六朝古都，三国时期的东吴、东晋等在此建都。但到了唐朝，曾经的繁荣富贵都化为乌有。面对此情此景，诗人生出故国萧条、人生凄凉的感伤。

　　诗一开始，就把读者置身于冷落荒凉的气氛中。围绕这座都城的群山依然围绕着它，潮水拍打着城墙，仿佛也感觉到它的荒凉，碰到冰冷的石壁，又带着叹息默默退去。群山依旧，石头城的旧日繁华已经不复存在。当年从秦淮河东边升起的明月，如今依然多情地从墙垛后面升起，照着这座早已残破的古城。

赏牡丹

[唐] 刘禹锡

庭前芍药妖无格，池上芙蕖净少情。

唯有牡丹真国色，花开时节动京城。

o **妖**　妩媚，娇艳。

o **格**　骨格，格调。

o **芙蕖**（qú）　荷花。

o **国色**　原意为一国中姿容最美的女子，这里指牡丹花雍容高贵。

名家鉴赏

　　唐朝时期，人们认为牡丹代表富贵，受到皇族的追捧，形成了观赏牡丹的习俗。牡丹盛开时，可以说是轰动洛阳全城。这首诗就描写了牡丹盛开时全城人观赏牡丹的盛况。诗人开篇不写牡丹，而是用芍药和荷花做对比，突出了牡丹的雍容华贵和国色天香。

　　全诗大意：庭院前栽种的芍药艳丽妩媚却格调不高，池中的荷花清雅洁净却缺少情致。只有牡丹是真正的天姿国色，花开时全城人出动，前来观赏。

寄扬州韩绰判官

[唐] 杜 牧

青山隐隐水迢迢，秋尽江南草未凋。

二十四桥明月夜，玉人何处教吹箫？

- **判官** 官职名。
- **迢 (tiáo) 迢** 指江水悠长遥远。
- **二十四桥** 扬州城内一座桥的名字。传说古时候有二十四位美人在桥上吹箫，所以叫二十四桥。
- **玉人** 美人，这里指韩绰 (chuò)。
- **教** 让，使，令。

名家鉴赏

　　杜牧曾经在扬州做官，韩绰是他的同事。后来，杜牧离开扬州，就写了这首诗寄给老朋友韩绰。

　　前两句写江南秋天的风光：隐隐约约的青山，迢迢流去的江水，秋天的江南青草还没有凋谢，饱含了诗人对扬州的回忆和对老朋友的思念之情。后两句则用开玩笑的口吻，通过二十四桥的传说，表达了诗人对友人韩绰的关心和思念：二十四桥的明月映照着扬州的秋夜，正是好时光，你这美人正在哪里教人吹箫呢？

泊秦淮

[唐] 杜 牧

烟笼寒水月笼沙，夜泊秦淮近酒家。
商女不知亡国恨，隔江犹唱后庭花。

- **秦淮** 即今江苏南京的秦淮河。
- **商女** 古时以卖唱为生的歌女。
- **后庭花** 歌曲《玉树后庭花》的简称，是南朝陈后主陈叔宝创作的一首歌。陈叔宝不理朝政，整日寻欢作乐，没多久，陈国被隋灭亡，所以后世称这首歌曲为"亡国之音"。

名家鉴赏

自古以来，秦淮河就是游览胜地，很多人前来游玩。作者游览秦淮河的时候，听到有歌女在唱"亡国之音"《玉树后庭花》。联想曾经的陈国因为陈后主贪图享受而灭亡，现在的人竟也耽于享受了，国家的命运堪忧，于是作者就写了这首诗。

全诗大意：寒冷的江水上笼罩着朦胧的烟雾，月亮的清辉洒在岸边的沙滩上。我晚上将船靠在秦淮河岸边，这里有很多酒家。歌女并不知道什么是亡国之恨，隔着江水正在唱着《玉树后庭花》。

作者想讽刺的并不是歌女，而是那些听歌的人，也就是贪图享受的权贵，这样下去，国家必将灭亡。

周啸天　主编

读给孩子的古诗词

少年说 ②

中原出版传媒集团
中原传媒股份公司

海燕出版社

读古诗词，与孩子一同成长

闻一多先生说："我们这大半部文学史，实质上只是一部诗史。"在中国传统的教育中，诗教占有极其重要的地位。孔子说："不学《诗》，无以言。"学诗可以更好地认识母语的魅力，从而提高驾驭母语的能力。孔子又说："《诗》可以兴，可以观，可以群，可以怨。"学诗可以使人拥有激情，善于观察事物，具有人际亲和力，及时疏导负面情绪。总之，可以提高人的心理和文化素质。

背诵名篇，是传统的学习方法，也是精通诗词之道的不二法门。文言作为一种书面语言，非看不能知道它们的意义，非朗读不能体会它们的口气，所以古人讲究"因声求气"的朗诵。"背诵名篇，非常必要。这种方法似笨拙，实巧妙。它可以使古典作品中的形象、意境、风格、节奏等都铭刻在自己的脑海中，一辈子也磨洗不掉。因而才可能由于对它们非常熟悉，而懂得非常深透。光看不行。"（程千帆《詹詹录》）

热爱是最好的老师，耳濡目染是最好的教法。想要孩子精通诗词之道，最好的办法是以身示范，与孩子一同成长。我们所编的这套书，就是专门为亲子共学准备的，也是送给孩子们的一份厚礼。

闻啸天

目录

宝贝 ————————

愿你今天读过的每一首诗词，
都能陪你走过接下来的每一步路。

永远爱你的 ————————

自　遣

扫码听伴读

［唐］罗　隐

得即高歌失即休，多愁多恨亦悠悠。

今朝有酒今朝醉，明日愁来明日愁。

○ **自遣**　自己排遣愁闷，宽慰自己。

○ **悠悠**　不尽，没有尽头。这里指太难熬。

名家鉴赏

　　罗隐是一个很有才华的诗人，但是他仕途坎坷，前后十次参加科举考试，都没有考中，因此他内心愁闷、颓唐，甚至变得有些愤世嫉俗。这首诗是他为了排遣愁闷、宽慰自己而写的。

　　前两句意思是不必患得患失。有所得便放声高歌，有所失就算了，忧愁和怨恨没完没了，实在是太难熬了。后两句写诗人的应对态度和方法。今天有酒就开怀畅饮，明天的忧愁就等明天再说。不能因为有忧愁就沉浸在忧愁之中，要及时享乐，刻画了一个放歌纵酒的旷士形象。

台　城

[唐] 韦　庄

江雨霏霏江草齐，六朝如梦鸟空啼。

无情最是台城柳，依旧烟笼十里堤。

- **台城** 旧址在今江苏南京玄武湖旁，六朝时是帝王享乐的场所。
- **六朝** 指三国吴，东晋，南朝的宋、齐、梁、陈，六个朝代。

名家鉴赏

诗人来到六朝古都南京，面对台城的景色，想起曾经有六个朝代定都在此，想起曾经的皇帝在台城享乐，现在全都消失不见了，非常感慨，就写下这首咏史诗，抒发历史沧桑、物是人非的感慨。

全诗大意是：江南的春雨，又密又细；江边绿草如茵，像一张平坦的毯子。三百年间，定都南京的六个朝代先后灭亡，就像梦一样，只剩下鸟儿在啼叫。最无情的就是台城的柳树，不管世事沧桑变化，依旧用垂下的柳条笼罩着十里长堤。

诗人将不变的自然景物（台城柳）和变化的历史（六朝如梦）放在一起，形成了强烈的对比，让人体会到世事变化无常，物是人非。

醉 着

[唐] 韩　偓（wò）

万里清江万里天，一村桑柘一村烟。

渔翁醉着无人唤，过午醒来雪满船。

- **桑柘**（zhè）　桑树和柘树。柘，一种落叶灌木或小乔木，叶子可以喂蚕，木质坚硬，是一种贵重的木材。
- **唤**　呼叫，喊。
- **过午**　中午以后。

▌**名家鉴赏**

　　韩偓是晚唐时期的诗人，他的诗大都像一幅画，给人美感，这首诗也不例外。

　　前两句描写了清江开阔的场面。清澈的江水开阔绵长，天空无边无际，一个个村落在烟雾缭绕中若隐若现，到处都种满了桑树和柘树。犹如一幅长卷画，把万里清江及两岸景色都展现在读者面前。将这万里景色连在一起的则是江上的一艘渔船，虽没有明说，却自然地包含其中。

　　后两句写渔翁悠闲自在的生活。一叶小舟在江水中轻轻漂荡，里面的渔翁醉酒后沉沉睡去，也没有人叫他，等午后醒来发现大雪落满了船舱。不管船漂到了哪里，不管此时天气如何，渔翁都醉着睡觉，直到被寒气冻醒，表现了渔翁平静、安详、处之泰然的超然的生活态度。

山园小梅（节选）

[宋] 林　逋（bū）

众芳摇落独暄妍，占尽风情向小园。
疏影横斜水清浅，暗香浮动月黄昏。

- ○ **摇落**　被风吹落。
- ○ **暄妍**（xuān yán）　明媚美丽。
- ○ **疏影横斜**　（梅花）疏疏落落、斜横枝干投在水中的影子。
- ○ **暗香浮动**　梅花散发的清幽香味在飘动。

名家鉴赏

　　林逋是宋代著名的隐士，他隐居于杭州西湖，终身未娶，因为喜欢梅花和鹤，就种了很多梅花，养了很多鹤，号称"梅妻鹤子"。这首诗不但写出了梅花独有的幽逸之姿，而且写出了诗人对梅花的爱。

　　梅花是在隆冬季节开放的花，本诗前两句就写其他花都被寒风吹落枝头时，梅花在寒冷的冬季独自开放，在小小的花园内独占风情。后两句则写梅花的姿态，也是流传千古的名句。横斜的枝头点缀着淡淡的梅花，清澈的溪水倒映着她美丽的影子；梅花的香味没有春花浓郁，在朦胧的月色下，阵阵微风送来她的清香，让人深深陶醉。

题临安邸

[宋] 林 升

山外青山楼外楼，西湖歌舞几时休？
暖风熏得游人醉，直把杭州作汴州。

- **临安** 南宋的都城，也叫杭州，今浙江杭州。
- **邸** (dǐ) 旅店。
- **熏** (xūn) 吹。
- **直** 简直。
- **汴** (biàn) **州** 即汴京，北宋的都城，今河南开封。

名家鉴赏

这首诗是诗人在游览南宋都城杭州后，发现统治者纵情声色，醉生梦死，国家处于危机之中，有感而发，写于旅店墙上的。

第一句写眼前的风景，句中"山""外""楼"三字各自重叠一次，写出了西湖周围青山重重叠叠，楼台鳞次栉 (zhì) 比，一眼望不到头。第二句写眼前的现实，整个城市都处在歌舞升平之中，没完没了。

北宋的都城汴京比杭州繁华多了，但由于统治者纵情声色，贪污腐败，被金人攻陷。而眼前杭州歌舞升平的场面与当年的汴京一模一样，看着眼前的一切，诗人痛心不已，担心南宋重蹈覆辙。但他没有直说，而是运用反讽，说："直把杭州作汴州。"不动声色，明褒实贬，耐人寻味。

书湖阴先生壁

[宋] 王安石

茅檐长扫净无苔，花木成畦手自栽。

一水护田将绿绕，两山排闼送青来。

○ **湖阴先生** 一位隐士，是王安石晚年居住南京时的邻居。

○ **成畦 (qí)** 成垄成行。畦，经过修整的一块块田地。

○ **排闼 (tà)** 开门。排，推开。闼，小门。

前两句写了湖阴先生家庭院的幽静：庭院里经常打扫，十分干净，连青苔都没有；花草树木一行行整齐排列，都是湖阴先生亲手栽种的。表现了湖阴先生亲近劳动、洁身自好、自甘淡泊的生活情趣。

后两句写院子外面的环境：一条小河环绕着绿色的农田，两座大山像两扇门一样，打开后为人们送去绿色。其中的"护""送"两字，将大自然拟人化，赋予了人的情感，生动形象地表现了大自然对湖阴先生的爱护和亲近，更加衬托了湖阴先生高洁的品格。

淮中晚泊犊头

[宋] 苏舜（shùn）钦

春阴垂野草青青，时有幽花一树明。

晚泊孤舟古祠下，满川风雨看潮生。

○ **淮**（huái）　淮河。

○ **犊**（dú）**头**　淮河边的一个地名。犊头镇，在今江苏淮阴境内。

○ **春阴垂野**　春天的阴云笼罩着原野。

○ **时**　偶尔。

○ **幽花**　开在幽静偏僻地方的花。

名家鉴赏

全诗大意：春天的阴云笼罩着广阔的原野，到处都是青青春草，偶尔可以看到那开在幽静偏僻地方的花，那一株树因此变得鲜艳明亮。晚上将小船停在古老的祠堂下面，在一江风雨中看潮水渐渐涨满。

本诗的第一句里面，天是灰蒙蒙的，地是青青的，色彩十分暗淡。而"时有幽花一树明"让这个暗淡的画面有了明亮的色彩，让人眼前一亮。而后两句任凭雨急潮涨，悠闲自得的姿态，则表现了一种不为环境所动、安然自若的精神力量。

北陂杏花

[宋] 王安石

一陂春水绕花身，花影妖娆各占春。

纵被春风吹作雪，绝胜南陌碾成尘。

○ **花影妖娆**（ráo）　花枝在水中的倒影十分妩媚。
○ **南陌**　南面的道路。

▌名家鉴赏

　　除梅花外，王安石也喜欢杏花。这首诗描写的就是池塘边的杏花，特点就是临池照水，有自我欣赏的意味。前两句就写了这个特点：一池春水绕着杏花，岸上有杏花，水中也有杏花，杏花和自己的倒影都十分妩媚，各有各的美丽。

　　后两句则是诗人借落花来抒发感情：北陂的杏花地处僻静，花落时像雪花一样在风中翩翩飞舞，最后落在清澈的水中；远远胜过那些开在南面道路旁的杏花，任人观赏，凋落后被来往的车马碾轧成尘。隐隐透露出宁可坚守节操、忍受寂寞，也不愿讨好众人、哗众取宠的意思。

墨梅°

[元] 王 冕 (miǎn)

我家洗砚°池头树，朵朵花开淡墨痕。
不要人夸好颜色，只留清气满乾坤°。

○ **墨梅** 用墨笔画的梅花。
○ **洗砚** (yàn) **池** 写字、画画后洗笔洗砚的池子。
○ **乾坤** (qián kūn) 天地间。

名家鉴赏

　　王冕是元末明初著名的画家、诗人，他年轻的时候多次参加科举考试都没有考中，心灰意懒之下，隐居山林，种地读书。王冕喜欢梅花，也喜欢画梅花，他在房屋周围种了上千株梅树，自号"梅花屋主"。这首诗是诗人题写在所画的《墨梅图》上的。

　　全诗大意："我"家洗砚池边有一株梅树，朵朵开放的梅花都显出淡淡的墨痕。不需要其他人夸赞它的颜色好看，只留下梅花的清香弥漫在天地之间。

　　诗人赞美了梅花的超凡脱俗和朴素淡雅，也表达了自己坚贞、高洁的操守。

马上作

[明] 戚继光

南北驱驰报主情，江花边草笑平生。

一年三百六十日，多是横戈马上行。

○ **南北驱驰** 驰骋疆场，转战南北。戚继光曾在东南沿海一带抗击倭寇
（wō kòu）的侵扰，又曾镇守北方边关。

○ **主** 指皇帝。

○ **横戈**（gē） 手里握着兵器。戈，古代的一种兵器，横刃，装有长柄。

▍名家鉴赏

　　戚继光是明朝中期著名的将领，他出身将门，组建"戚家军"，在江南地区抗击倭寇，最终打败了倭寇。后来，皇帝调戚继光镇守北方边关，防御北方的敌人。因为防守严密，十六年间敌人不敢入侵。戚继光不仅能带兵打仗，还能著书立说，写过兵书。这首诗是他镇守边疆时在马上写成的。

　　全诗大意：驰骋疆场，转战南北，报答皇上的恩情和信任，江畔和边关的花草都笑我一生忙忙碌碌。一年三百六十日，我大都是带着兵器骑着战马，在疆场上度过的。

　　这首诗真实地反映了诗人转战南北、不畏艰难、保家卫国、奋勇杀敌的英姿雄风，令人敬佩。

燕子矶口占

[明] 史可法

来家不面母，咫尺犹千里。

矶头洒清泪，滴滴沉江底。

- **燕子矶** 今江苏南京北观音山上，因它俯瞰（kàn）长江、形如飞燕而得名。矶，水边突出的岩石或石滩。
- **口占** 随口吟诵。
- **咫（zhǐ）尺** 咫，古代长度单位。咫尺，比喻很近的距离。

名家鉴赏

　　史可法是明末著名的爱国将领，清军入关后，史可法带兵于扬州抵抗清军。后来，扬州城破，史可法自杀未遂，被清军抓住后杀害。当时，南明朝廷内讧不断，史可法奉命率军到南京平叛，刚到南京，叛乱已平定，又带兵返回扬州。史可法的母亲就在南京城中，但军情紧急，来不及回家探望，就写下了这首诗。全诗既表达了思念母亲的深厚感情，又表达了以国事为重的责任感，自古忠孝不能两全，这让作者十分痛苦，不禁泪如雨下。

己亥杂诗（其五）

[清] 龚自珍

浩荡离愁白日斜，吟鞭东指即天涯。
落红不是无情物，化作春泥更护花。

- **浩荡离愁**　指愁绪如水波般广大无边。浩荡，无限。
- **斜**　倾斜。
- **吟鞭**　挥响马鞭。
- **落红**　指落花。

名家鉴赏

　　《己亥杂诗》是一组诗集，共包括三百一十五首，本诗是第五首，写了作者辞官南归时的离愁和积极的人生态度。

　　全诗大意：夕阳西落，我的离愁别绪如水波般广大无边；离开北京，向着东边挥动马鞭，从此就和京城远隔天涯。路边都是凋零的花瓣，但它们却不是无情之物，化成了泥土，还能给新开的花朵提供营养。

　　一般看到落花，都会有飘零凋落、青春不再之感，让人有些消极。但诗人这里却说"化作春泥更护花"，"落红"能够成为培育下一代的养料，使得生命得到新的延续，升华到一个更高的带有自觉奉献精神和人生哲理的境界。

采 薇（节选）

《诗经》

昔我往矣，杨柳依依。

今我来思，雨雪霏霏。

行道迟迟，载渴载饥。

我心伤悲，莫知我哀！

o **薇** 一种野菜，也叫野豌豆，它的种子、茎和叶都可以食用。

o **依依** 形容柳丝轻柔、随风摇曳的样子。

o **霏 (fēi) 霏** 雪花纷落的样子。

o **迟迟** 迟缓的样子。

o **载 (zài)** 又，且。

▌名家鉴赏

　　在古代，为了保卫边境，老百姓要服兵役，那时候没有火车，也没有电话，他们去一趟边境来回要好几年。诗中的这位退役的老兵从边关回家乡，好多年没有回来，看着故乡的景色，流露出浓烈的思乡之情。

　　同是一条路，去的时候是春天，杨柳依依；回来的时候是冬天，大雪纷飞。常年的战争让将士们疲惫不堪，渴望回到故乡；可真正回乡时，却不知道故乡里等待自己的又是什么，曾经熟悉的人和事是否还是原来的模样。所以，即使又渴又饿，他们依旧不敢走得太快，就怕听到不好的消息，心里十分悲伤。全诗深切地表现了战争带给人的痛苦和伤害。

渡汉江

[唐] 宋之问

岭外音书断，经冬复历春。
近乡情更怯，不敢问来人。

○ **汉江**　即汉水。长江最大的支流。
○ **岭外**　即岭南，指五岭以南地区，广东、广西一带。
○ **怯**　担心，害怕。
○ **来人**　回乡途中遇到的从家乡来的人。

名家鉴赏

　　岭南地处东南沿海，远离中原，环境恶劣，是当时流放官员的地方，诗人曾在这里做官。当时海船少，陆地上有山岭阻隔，交通不便，除了官府和商人，普通人几乎没有办法和外面通信，诗人写下了这个令人痛苦的现实（"岭外音书断"）。"经冬复历春"，说明音信断绝的时间很长，诗人对家里一无所知，心中的焦急可想而知。

　　后两句写诗人渡过汉江，即将回到家乡，却"近乡情更怯，不敢问来人"。照理说，诗人应该更希望早一点知道亲人的消息才对。他怕什么？怕听到不好的消息。当时医疗条件很差，人们的寿命普遍较短，诗人怕听到亲人离世的消息，才不敢问亲人的消息。可以说，后两句说透了这种既想知道又害怕知道的矛盾心理，让人动容。

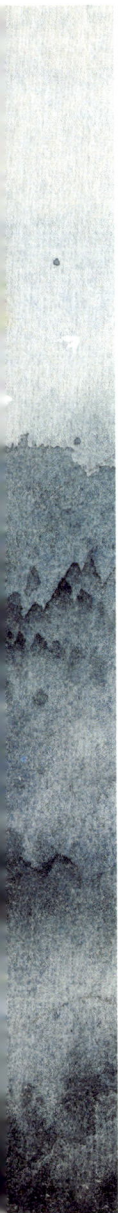

送灵澈上人

[唐] 刘长卿

苍苍竹林寺，杳杳钟声晚。
荷笠带斜阳，青山独归远。

- **灵澈上人** 唐代著名僧人。上人，对僧人的敬称。
- **苍苍** 深青色。
- **杳 (yǎo) 杳** 深远的样子。
- **荷笠** 戴着斗笠。荷，背着，戴着。

名家鉴赏

　　前两句写景，写出了诗人的所见所闻：遥望竹林寺，植被茂密，只见一片深青色；傍晚时分，从寺里传来深远悠扬的钟声。

　　后两句写人，灵澈上人头戴斗笠，站立在斜阳之中，一步步地向着青山中的竹林寺走去，渐行渐远。诗人目送他离开，依依不舍，直到他的身影消失在苍茫的青山中。

蜀相

[唐] 杜 甫

丞相祠堂何处寻，锦官城外柏森森。

映阶碧草自春色，隔叶黄鹂空好音。

三顾频烦天下计，两朝开济老臣心。

出师未捷身先死，长使英雄泪满襟。

- **蜀相**（xiàng）　三国时蜀国丞相，指诸葛亮。
- **柏**（bǎi）**森森**　柏树茂盛繁密的样子。
- **三顾**　指刘备三顾茅庐，请诸葛亮出山的事。
- **开济**　开创辅助。开，开创。济，辅助。

▌名家鉴赏

　　杜甫居住在成都时，经常去拜访武侯祠（诸葛亮的祠堂），因为敬仰诸葛亮的为人，写下了这首诗。

　　前两句写了武侯祠的地理位置：丞相祠堂在哪里呢？就在那成都城外柏树茂密的地方。三、四句写祠堂里面的环境：碧草照映着台阶，一片春色，树上的黄鹂隔着枝头互相婉转鸣唱。五、六句总结概括诸葛亮一生的功业：蜀汉皇帝刘备曾三顾茅庐询问诸葛亮天下大事，诸葛亮为了报答知遇之恩，勤勤恳恳，辅佐刘备开创蜀国，并辅佐刘备的儿子刘禅守业，鞠躬尽瘁，死而后已。最后两句写诗人对诸葛亮的评价：可惜诸葛亮出师北伐魏国，还没成功就病死了，后世的英雄们想起此事就不由得伤心落泪，沾湿衣服。

汴河怀古

[唐] 皮日休

尽道隋亡为此河，至今千里赖通波。
若无水殿龙舟事，共禹论功不较多？

o **汴河** 汴水，即大运河中的通济渠。

o **隋 (suí)** 即隋朝。

o **赖** 依赖，依靠。

o **水殿龙舟事** 隋炀 (yáng) 帝杨广命人制造大型龙舟，劳民伤财，前往扬州游览的事情。

o **共禹 (yǔ) 论功** 和大禹治水的功劳相比。

名家鉴赏

　　隋炀帝为了方便自己乘船到扬州游览，发动民众开掘了名为通济渠的大运河，劳民伤财。因此，很多人认为隋朝的灭亡就是因为这条大运河。

　　诗人却不这样认为，一开始就说：很多追究隋朝灭亡原因的人都归咎于运河，然而大运河的开凿使南北交通显著改善，对经济联系与国家统一有很大的好处，历史作用深远。

　　大运河虽然有利于后世，但隋炀帝的暴行还是暴行。诗人指出，如果没有隋炀帝乘坐龙舟到扬州游览的事情，他开通大运河对后代做出的贡献，本来是可以和大禹治水的功劳相比的。诗人将运河的功和隋炀帝的罪划清界限，是为大运河翻案，同时，对隋炀帝的批判也更为严厉，斥责也更为强烈。

忆扬州

[唐] 徐 凝

萧娘脸薄难胜泪，桃叶眉长易觉愁。

天下三分明月夜，二分无赖是扬州。

- **萧娘** 诗词中经常把男子所恋的女子称为萧娘，女子所恋的男子称为萧郎。
- **脸薄** 容易害羞。
- **桃叶** 这里指思念的佳人。
- **无赖** 可爱。

▌名家鉴赏

这首诗是诗人离开扬州后，回忆扬州时写的，表达了对扬州的喜爱。

前两句回忆了当年与心爱的人离别的场面。扬州的少女们无忧无虑，娇美的脸上难以藏住眼泪，哪怕眉梢上所挂的一点儿忧愁也容易被人察觉。后两句则表达了对扬州的喜爱和赞美：天下明月的光华如果一共有三分的话，那么其中有两分就在可爱的扬州。

扬州的月色未必就比别处的好，但经过诗人用数字一分配，就产生了惊人的艺术魅力，体现了诗人对扬州喜爱之深。后世读者每当读到这首诗，就会对扬州的明月心生向往，以为扬州的月亮要比别处的圆。时至今日，扬州还有"二分明月"的代称。

寒 食

[唐] 韩 翃 (hóng)

春城无处不飞花，寒食东风御柳斜。

日暮汉宫传蜡烛，轻烟散入五侯家。

- **春城**　春天的长安城。
- **斜**　倾斜。
- **汉宫**　唐朝诗人多用汉朝来指唐朝，这里指唐朝皇宫。
- **传蜡烛**　指唐代寒食节时皇帝赏赐"榆柳之火"给大臣，称寒食赐火。
- **五侯**　指汉朝同一天被封侯的五个宦官，泛指受皇帝信任的权臣。

名家鉴赏

　　"寒食"是我国古代一个传统节日，是为了纪念春秋时期的介子推而设立的，一般在清明节前一天或两天。按照风俗，这一天家家禁止生火，只能吃现成的食物，所以叫寒食。这首诗就是诗人于寒食节时写成的。

　　全诗大意：春城飞花，寒食节时皇宫里的柳树随东风舞动。日暮时分，皇宫里赏赐大臣火种，权臣家中才有轻烟飘散。

姚秀才爱余小剑因赠

[唐] 刘 叉

一条古时水，向我手心流。
临行解赠君，勿报细碎仇。

o **姚秀才** 诗人的朋友。

o **解** 解下来。

▎**名家鉴赏**

因为朋友十分喜欢自己的小剑，诗人便忍痛割爱，将小剑和这首诗一起送给了他。

前两句写小剑的宝贵：这把小剑就像一条小河，明亮闪烁，流到了我的手心。像流动的水一样，说明宝剑十分锋利、贵重。

后两句写诗人的期许：临行前我把小剑解下来送给你，希望你能够胸怀宽广，不要计较那些小怨小仇。诗人没有嘱咐朋友如何爱护这把剑，而是希望对方胸怀大志，高瞻远瞩，不要睚眦(yá zì)必报，表现了诗人的慷慨大方和光明磊落。

陇西行（其二）

[唐] 陈 陶

誓扫匈奴不顾身，五千貂锦丧胡尘。

可怜无定河边骨，犹是春闺梦里人！

○ **陇西行** 乐府歌曲名，主要描写边塞战争。陇西，在今甘肃境内。

○ **匈奴** 指西北边境的少数民族。

○ **貂 (diāo) 锦** 本指貂裘锦衣，这里指戍边的战士，指装备精良的精锐之师。

○ **无定河** 在今陕西北部。

○ **春闺 (guī)** 指牺牲战士的妻子。

名家鉴赏

这是一首描写战争的诗，反映了长久的战争给人民造成的痛苦和灾难。

前两句写士兵保家卫国的英勇气概和献身精神：戍边的将士誓死横扫匈奴奋不顾身，五千装备精良的士兵全部壮烈牺牲。后两句则写战争带来的痛苦：可怜那些牺牲在无定河边的将士，他们的妻子仍在梦里见到他们，等待他们回去。

诗人没有直接描写战争的悲惨画面，而是从将士的妻子的角度来思考，她们没有一天不在默默祈祷，希望丈夫平安归来。愿望是美好的，但现实却是残酷的，两相对比，更让人感到战争的残酷。

夜雨寄北

[唐] 李商隐

君问归期未有期，巴山夜雨涨秋池。
何当共剪西窗烛，却话巴山夜雨时。

- ○ **巴山**　即大巴山。这里泛指巴蜀之地。
- ○ **秋池**　秋天的池塘。
- ○ **剪西窗烛**　剪去燃焦的烛芯，使灯光明亮。这里形容深夜秉烛长谈。
- ○ **却话**　再说。却，再。

▌名家鉴赏

　　诗人曾经到四川地区做官，因思念远方的亲人，就在一个雨夜写下了这首诗，表达了诗人在雨夜对远方亲人的思念。

　　全诗大意：您问我什么时候回去，但归期实在难说，巴山这里晚上下起了暴雨，雨水涨满了池塘。什么时候才能回去，我们一起坐在西窗前秉烛长谈，再当面诉说我今夜在巴山夜雨时的所思所想。

　　这首诗最大的特点是它的重复和回环，"期"和"巴山夜雨"出现了两次，读起来荡气回肠，有节奏感。

宿骆氏亭寄怀崔雍崔衮

[唐] 李商隐

竹坞无尘水槛清，相思迢递隔重城。

秋阴不散霜飞晚，留得枯荷听雨声。

- **崔雍** (yōng) **崔衮** (gǔn)　两人都是李商隐的表弟。
- **竹坞**　丛竹掩映的池边高地。
- **水槛** (jiàn)　指临水有栏杆的亭子，这里指骆氏亭。
- **迢递**　遥远的样子。
- **秋阴**　秋天的乌云。

名家鉴赏

　　这首诗是诗人在与两位表弟分别之后，住宿在骆氏亭的时候，因为想念他们而写的。

　　全诗大意：这竹坞里干净无尘，亭子里也是一片清幽，环境十分清静美好。而我对你们遥远的思念，却被重重的城楼所阻隔。秋天的云层太厚，始终没有散去，下霜的时节也来晚了。在这寂静的夜晚和这恼人的天气里难以入睡，只能静静听着雨水敲打在枯荷上的声音。

　　诗人通过对周围环境和天气的描写，表达了自己孤独寂寞之感和对两位表弟的思念之情。

感 事

[唐] 王 镣 (liào)

击石易得火，扣人难动心。
今日朱门者，曾恨朱门深。

- **感事**　受外界事物的触动。
- **击石**　拿着两块石头相碰撞。
- **朱门**　古代王侯贵族的大门会漆成红色来表示尊贵，后来泛指富贵人家。

名家鉴赏

　　王镣是晚唐时期的诗人，当时统治者腐败，社会动荡，阶级矛盾突出。诗人看到这些景象，有感而发，写下了这首诗。

　　前两句通过对比说明人的内心难以打动：用两块石头互相碰撞，容易得到火苗，人的内心却很难被打动。后两句却说人的内心也会改变：今天那些深宅大院的富贵人，也曾经怨恨过富贵人家的深宅大院。

　　这首诗揭示了阶级社会里充满着不平等，人们都在一定的社会地位上生活，思想感情和立场观点随着社会地位的变化而变化。有的人的地位提高后，不但不帮助曾经和自己一样的人，反而像自己曾经憎恨的人那样。这首诗就是反映了这种社会现象，既痛快又深刻。

己亥岁

[唐] 曹 松

泽国江山入战图，生民何计乐樵苏。

凭君莫话封侯事，一将功成万骨枯。

○ **己亥 (hài) 岁**　己亥年，指诗人所在的唐朝乾符六年（879年）。岁，年。

○ **泽国**　有大片水域的国家，这里指江南地区。

○ **入战图**　指陷入战争。

○ **樵 (qiáo) 苏**　砍柴割草。樵，砍柴。苏，割草。

○ **封侯**　封侯拜爵，指取得功名。

▌名家鉴赏

　　这首诗表达了诗人对战争的憎恶和对战争中受苦受难人民的同情。

　　唐朝末年，爆发了大规模的农民起义，为了维护统治，唐王朝进行了血腥严酷的镇压，江南地区成了战场，这就是所谓的"泽国江山入战图"。跟随战乱而来的就是民众流离失所，生灵涂炭。对于挣扎在生死线上的老百姓们，能够平平安安地砍柴割草来艰辛度日，就已经很快乐了（"生民何计乐樵苏"）。因此，诗人对统治者发出了呼吁：行行好吧，可别再说封侯拜爵、建功立业的话啦，要知道，将军的封侯是用数以万计将士们的流血牺牲换来的！

　　可以说每一个字都满含血泪，令人动容。

春 寒

[宋] 陈与义

二月巴陵日日风，春寒未了怯园公。

海棠不惜胭脂色，独立蒙蒙细雨中。

○ **巴陵** 古郡名，今湖南岳阳。

○ **未了 (liǎo)** 还没结束。了，完，结束。

○ **园公** 指诗人自己。

○ **胭脂 (yān zhi) 色** 红色。

名家鉴赏

这是一首咏海棠花的诗，表达了诗人对海棠的喜爱和敬佩。

前两句写早春二月的气候。早春二月时，还是寒风阵阵；春寒料峭，让人感到丝丝寒意。

后两句咏海棠花。娇艳的海棠花毫不吝惜鲜红的花朵，独自站立在蒙蒙的细雨中。诗人将海棠花人格化，好似一个穿着红衣服的美人站在细雨之中，只为了按时开放，不让喜爱海棠花的人失望。

临安春雨初霁(节选)

[宋] 陆 游

世味年来薄似纱，谁令骑马客京华。

小楼一夜听春雨，深巷明朝卖杏花。

- **霁** (jì) 　雨后或雪后转晴。
- **世味** 　人世滋味，这里指做官的愿望。
- **京华** 　指南宋的京城杭州。

名家鉴赏

　　陆游是主战派，期盼朝廷能够振作起来，命令军队北伐，收复中原。但一直以来，陆游都受到主和派和投降派的打击，灰心丧气的陆游回家隐居。几年后，皇帝下旨召陆游进京。当时，陆游已经六十二岁了，不顾年老体衰，怀着一腔爱国之心来到京城。到了京城后，陆游发现朝廷政治腐败，根本没有收复北方河山的打算，感到非常失望，就写下了这首诗。

　　这几句诗的大意：这些年来做官的愿望淡薄得像纱一样，到底是谁又让我骑马作客京城沾染繁华呢？小楼屋檐上的滴雨声一晚上就没停过，明天清晨会听到小巷深处叫卖杏花的声音。

　　字里行间，我们可以看出诗人对官场的失望和厌倦之情，也能体会到诗人对普通生活的向往。

言 志

[明] 唐 寅

不炼金丹不坐禅，不为商贾不耕田。
闲来写就青山卖，不使人间造孽钱。

- **炼金丹** 指修仙求道。
- **坐禅** 指信佛念经。
- **商贾**(gǔ) 经商。
- **写就青山卖** 指卖字画。
- **造孽**(niè)**钱** 指来路不正的钱。

名家鉴赏

　　唐寅是明代著名的才子，他参加科举考试取得了第一名，因为受到科举作弊的牵连而一生都不能做官，失望之下，唐寅回到家乡，建造了一座桃花坞，饮酒纵乐，画画赋诗。这首诗是他表明自己志向而写的。

　　前两句写诗人尽管不能做官，但有些社会活动依旧不肯去做：修仙求道，信佛念经，经商，做农民。一连用了四个"不"，表明了诗人不愿放弃世俗生活的快乐，也不屑于经商和种田的坚决态度。后两句写诗人的职业打算：准备卖字画为生，自食其力，不去花那些来路不正的钱，坚守中国人的传统美德，清清白白做人，正正当当谋生。

焚书坑

[唐] 章 碣 (jié)

竹帛烟销帝业虚，关河空锁祖龙居。
坑灰未冷山东乱，刘项原来不读书。

- **焚书坑**　秦始皇焚烧诗书的地方,故址在今陕西临潼东南的骊山上。
- **竹帛**　代指书籍。
- **祖龙居**　秦始皇的故居。
- **刘项**　刘邦和项羽,秦末两支主要农民起义军的领袖。

　　秦朝时期,秦始皇为了统一思想,杀死反对他的儒生,焚烧书籍,认为这样可以使江山永固。诗人来到秦始皇焚书的地方,感慨历史变化无常,写下了这首诗。

　　前两句写秦始皇焚书坑儒统一思想,加固边关保证首都安全,可惜的是因为秦二世昏庸无能,施行暴政,各地百姓纷纷反抗,秦朝传到第二世就灭亡了。

　　后两句写焚书坑的书灰还没冷呢,崤山以东地区就已经开始叛乱了。最可笑和讽刺的是,最终灭亡秦朝的刘邦、项羽却恰恰都不是读书人。

　　这首诗讽刺秦始皇倒行逆施,他妄图通过焚书坑儒来维护统治,却不顾百姓死活,施行暴政,最终导致国家灭亡。

望月怀远

[唐] 张九龄

海上生明月，天涯共此时。
情人怨遥夜，竟夕起相思。
灭烛怜光满，披衣觉露滋。
不堪盈手赠，还寝梦佳期。

- **怀远** 怀念远方的亲人。
- **情人** 指亲人或诗人自己。
- **遥夜** 长夜。
- **盈手** 用双手捧满。
- **还寝**（qǐn） 回去睡觉。

名家鉴赏

　　这是一首经典的思乡诗，与李白的《静夜思》一样，张九龄也是"望月"，但这首诗表达的却是亲人之间的相思。

　　前两句照应标题，描写周围的环境：海上升起一轮明月，所有的人都在月亮下面，共度这个时刻。拉近了人们之间的心理距离，哪怕远在天涯，好像也没那么远了。三、四两句转到亲人身上，在这美好的夜晚，人们却在埋怨夜晚太长，原来是因为一整夜都在思念远方的亲人。五、六句承接前文，亲人相思有多久呢？月上中天，非常明亮，就吹灭了蜡烛；因为太冷，披上衣服，发现衣服已经被露水打湿。原来，此时已经是后半夜了。最后两句表达了对远方亲人的祝愿：恨不得捧一把月光送你，只好期待在梦里与你相见——这该是何等的浪漫！

迢迢牵牛星

《古诗十九首》

迢迢牵牛星，皎皎河汉女。

纤纤擢素手，札札弄机杼。

终日不成章，泣涕零如雨；

河汉清且浅，相去复几许！

盈盈一水间，脉脉不得语。

- ○ **皎** (jiǎo) **皎**　明亮。
- ○ **擢** (zhuó)　伸出。
- ○ **札** (zhá) **札弄机杼** (zhù)　正摆弄着织布机，发出札札的织布声。弄，摆弄。杼，织布机上的梭子。
- ○ **章**　指布帛上的经纬纹理，这里指布帛。
- ○ **脉** (mò) **脉**　默默地用眼神表达情意。

▌名家鉴赏

　　"牛郎织女"是我国古代四大爱情故事之一，可以说家喻户晓。本诗借天上的牵牛星和织女星，从织女的角度来写两地分居的苦恼，表达了有情人之间的思念。

　　全诗大意：天上有遥远的牵牛星、明亮的织女星。织女伸出白皙纤细的手，摆弄着织布机，发出札札的织布声。一整天她也没织成一匹布，忍不住泪如雨下。银河看起来又清又浅，两岸隔得又有多远呢？虽然只隔着一条清澈的河流，他们却只能默默地互相注视，无法用语言交谈。

端 午°

[唐] 文 秀

节分端午自谁言，万古传闻为屈原°。

堪笑楚江°空渺渺，不能洗得直臣°冤。

- ° **端午**　端午节，农历五月初五。
- ° **屈原**　中国伟大的浪漫主义诗人，战国时期楚国政治家。名平，字原。屈原很有才华，且忠君爱国，却因奸臣陷害，被流放。后来，楚国被秦国打败，都城都失陷了，悲愤的屈原自沉汨罗江而死。
- ° **楚江**　楚国境内的江河，此处指汨罗江。
- ° **直臣**　正直的臣子，此处指屈原。

▌名家鉴赏

　　端午节是我国重要的节日之一，相传端午节是人们为纪念屈原而设立的。汨罗江周围的百姓听说屈原投江后，纷纷划着龙舟，打捞他的尸体。打捞不到，怕江里的鱼虾伤害屈原的尸体，人们就用粽叶包好煮熟的糯米，投入江中。后来就形成了端午节赛龙舟、吃粽子的风俗。作者感叹屈原命运的悲惨，就写下了这首诗。

　　全诗大意：端午节是为了谁设立的？自古以来都传闻是为了纪念屈原而设立的。我站在汨罗江边嘲笑浩荡的江水，为什么如此宽阔的大江，却不能为正直的臣子洗刷冤屈呢？

　　这首诗提出了一个令人深思的问题：只纪念忠臣是不够的，还要为忠臣洗刷冤屈，避免类似的悲剧再次发生。

蒹 葭（节选）

《诗经》

蒹葭苍苍，白露为霜。

所谓伊人，在水一方。

溯洄从之，道阻且长。

溯游从之，宛在水中央。

○ **蒹葭**（jiān jiā）　芦苇。

○ **苍苍**　茂盛的样子。

○ **伊**（yī）**人**　那人，指所爱的人。

○ **溯洄**（sù huí）　逆流而上。

○ **溯游**　顺流而下。

名家鉴赏

　　《蒹葭》这首诗选自中国第一部诗歌总集《诗经》，是古代有名的爱情诗，讲述了主人公对爱人的思念之情。

　　这几句诗的大意：芦苇茂盛生长，晶莹的露珠凝结成白霜。我所爱的那个人，就在水的那一边。我逆流而上寻找，道路遥远崎岖；顺流而下寻找，她又好像在水中央。

　　诗中没有具体的事件和场景，却处处透露出一种虚无缥缈的气氛和略为感伤的情调，表现了主人公苦苦寻找意中人却怎么也找不到的惆怅和哀叹。

浣溪沙

[宋] 晏 殊

一曲新词酒一杯，去年天气旧亭台。夕阳西下几时回？
无可奈何花落去，似曾相识燕归来。小园香径独徘徊。

- **新词** 刚填好的词，指新歌。
- **无可奈何** 不得已，没有办法。
- **似曾相识** 好像曾经认识。形容曾经见过的事物再度出现。
- **香径** 带着幽香的园中小径。
- **徘徊** (pái huái) 来回走。

名家鉴赏

　　这首词是晏殊在暮春时节一场酒宴上写作的，开篇从对酒当歌写起，语调轻快流利，表明作者心情闲适愉快。次句发生转折，眼前之景勾起回忆 —— 就在去年同样的时节、天气，还是这个地方，有过类似的聚会。由此，作者感慨时光易逝，说出了"夕阳西下几时回"。

　　第四句写作者对生活的认知，"花落去"不仅指花园里的花落下，更象征着美好的时光、事物也在消逝，对此，我们只能"无可奈何"。但庆幸的是大自然还给了我们补偿，"似曾相识燕归来"，美好的事物消逝了，同时会有新的美好事物再现，虽不完全相同，但聊胜于无。最后一句，写作者独自在花园里徘徊，说明其沉浸在思绪中，难以平复。

浣溪沙

[宋] 晏　殊

一向年光有限身，等闲离别易销魂，酒筵歌席莫辞频。

满目山河空念远，落花风雨更伤春，不如怜取眼前人。

- **一向**　一晌，片刻，一会儿。
- **销魂**（xiāo hún）　极度悲伤或极度快乐。
- **莫辞频**（pín）　不要因为次数多而推辞。频，频繁。
- **怜取眼前人**　珍惜眼前之人。出自元稹《会真记》崔莺莺诗："还将旧来意，怜取眼前人。"

▌名家鉴赏

这首词与前面的那首一样，也是晏殊在酒宴上写作的。

上片一开始就用平静的语气述说人生最大的遗憾——光阴短暂，生命有限，就算是常见的离别也会让人感到极度悲伤。因此，作者就用告诫的语气对酒席上的其他人说："不要因为酒席上劝酒次数多而推辞。"

下片前两句与上片前两句相同，"满目山河空念远"是说登高望远难免会想起远方的亲友，感伤离别的痛苦；"落花风雨更伤春"是说看着花朵随风雨飘落，感伤春天逝去的痛苦。总的来说，也是感叹时光易逝、不可挽回，所以才有了"不如怜取眼前人"的说法。

渔家傲·秋思

[宋] 范仲淹

塞下秋来风景异，衡阳雁去无留意。四面边声连角起，千嶂里，长烟落日孤城闭。

浊酒一杯家万里，燕然未勒归无计。羌管悠悠霜满地，人不寐，将军白发征夫泪。

○ **衡(héng)阳雁去**　传说秋天北雁南飞，至湖南衡阳回雁峰而止，不再南飞。

○ **千嶂(zhàng)**　绵延而峻峭的山峰；崇山峻岭。

○ **燕(yān)然未勒(lè)**　指战事未平，功名未立。燕然，即燕然山，今蒙古杭爱山。据《后汉书·窦宪传》记载，东汉大将军窦宪率兵追击匈奴单于，出塞三千余里，登燕然山，刻石勒功而还。

○ **不寐(mèi)**　睡不着。寐，睡。

名家鉴赏

这首词是范仲淹镇守西北边疆（今陕西、甘肃一带）、防御西夏时写作的，属于边塞词。

上片描写边塞荒凉、大军戍守的艰苦情况。"风景异"说明与内地相比，边塞环境非常艰苦。一到秋天，大雁就南飞，毫无停留的意思，边塞的艰苦可想而知。"边声"指的是边塞的声音，主要是指大军中人喊马嘶、号角齐鸣的声音。大军驻扎在边境，守护着连绵千里的边境线，只有一座孤城可以休息。

下片写将士们杀敌报国的雄心和雄心未能实现的悲苦心情。休息时开始想念家乡，酒水也不能消除思乡的忧愁。戍守边疆，没有取得勒石燕然般的功绩，我们怎么能回去？此时，响起了悠悠的羌笛，地上开始起霜，将士们因为愁苦和寒冷而睡不着，感叹着年华逝去，伤心流泪。

采桑子

[宋] 欧阳修

群芳过后西湖好，狼籍残红，飞絮濛濛。垂柳阑干尽日风。
笙歌散尽游人去，始觉春空。垂下帘栊，双燕归来细雨中。

○ **狼籍残红**　落花纵横散乱的样子。残红，落花。狼籍，同"狼藉"，散乱的样子。
○ **濛 (méng) 濛**　今写作"蒙蒙"。细雨迷蒙的样子，以此形容飞扬的柳絮。
○ **笙歌**　笙管伴奏的歌筵。
○ **帘栊 (lóng)**　窗帘和窗棂，泛指门窗的帘子。

名家鉴赏

作者晚年退休之后定居颍州（今安徽阜阳），这首词是他游览颍州西湖时写作的，当时一共写了十首，这是第四首。

上片写暮春时节的湖景。与别人不同，作者夸赞百花凋落散乱之后的西湖风景好，原来他发现此时柳絮纷飞，垂柳随风飘荡，别有一番风味。

下片写游人散去的场景。人们都把"天下没有不散的筵席"当作遗憾的事，作者却从中发现乐趣，游客散尽，热闹消失，给人宁静、安适、舒畅的感觉。作者放下帘子，欣赏燕子冒雨归来的场景，反映了作者闲适安逸的退休生活。

相见欢（其一）

[五代] 李　煜（yù）

林花谢了春红，太匆匆。无奈朝来寒雨晚来风。

胭脂泪，相留醉，几时重？自是人生长恨水长东。

- **谢**　凋谢。
- **胭脂泪**　原指女子的眼泪，女子脸上搽 (chá) 有胭脂，泪水流经脸颊 (jiá) 时沾上胭脂的红色，所以叫胭脂泪。在这里，胭脂指林花着雨的鲜艳颜色，胭脂泪指代美好的花。
- **相留醉**　令人陶醉。留，遗留，给以。醉，心醉。
- **几时重** (chóng)　何时再度相会。

名家鉴赏

　　李煜是五代时期南唐的最后一任皇帝，南唐灭亡后，他成为宋朝的俘虏，被关押在汴京。后被宋太宗毒死。这首词是李煜在被关押期间写的，表达了亡国之君的哀愁。

　　上片中作者将亡国的哀痛转化为对自然界花草树木的繁盛衰落的感叹。首句抱怨春天的花朵凋谢得太快，原因是"朝来寒雨晚来风"，受尽折磨。暗示作者亡国之后，身心备受折磨，却无可奈何。

　　下片从对自然界花草树木的繁盛衰落的感叹转入对人生无常的感慨，过渡自然。花凋落了，明年还会开，但作者再也回不到原来的生活了，才说了"几时重"。末句表达了作者对生活变化无常的叹息，将自己内心的忧愁比作流水，连绵不断。

近试上张水部

[唐] 朱庆馀

洞房昨夜停红烛，待晓堂前拜舅姑。

妆罢低声问夫婿，画眉深浅入时无？

○ **张水部** 即张籍，曾任水部员外郎。

○ **洞房** 新婚卧室。

○ **停红烛** 让红烛通宵点着。停：留置。

○ **舅姑** 公婆。

○ **入时无** 是否时髦（máo）。这里借喻文章是否合适。

▊ **名家鉴赏**

在唐代，科举考试时不禁止达官贵人推荐、提拔自己赏识的读书人，并帮助他们考中进士。因此，很多才子都写诗送给主考官或对主考官有影响力的人物。这首诗就是朱庆馀写给当时的主考官水部员外郎张籍的，试探张籍是否满意自己的诗。

全诗大意：昨天晚上洞房里的花烛彻夜通明，等到早上到堂屋去拜见公婆。（为了讨公婆喜欢，打扮了一番）打扮好了低声问丈夫：我的眉画得浓淡是否时髦？

这首诗将新娘子第一次拜见公婆时的心态写得惟妙惟肖、入木三分，暗喻诗人希望得到主考官的认可，但又怕得不到认可，写出了诗人考试前的忐忑心情。据说，主考官张籍看过之后，非常高兴，帮助诗人考中进士。

生查子·元夕

[宋] 欧阳修

去年元夜时，花市灯如昼。月上柳梢头，人约黄昏后。

今年元夜时，月与灯依旧。不见去年人，泪湿春衫袖。

○ **元夜** 元宵节夜晚。北宋时会摆放花灯，开放夜市，通宵歌舞，盛况空前，也是年轻人约
  会、谈情说爱的好机会。

○ **灯如昼** 灯火明亮得像白天一样。

○ **梢 (shāo) 头** 树枝的顶端。

○ **春衫 (shān)** 年少时穿的衣服，也指代年轻时的自己。

名家鉴赏

　　这首词是作者在元宵节夜晚观灯赏月时写作的，回忆去年元宵节往事，今昔对比，写出
一个悲戚的爱情故事，抒发了物是人非的感慨。

　　上片回忆去年元宵节夜晚的约会。前两句写去年元宵节夜晚的盛况，大街上非常热闹，灯
火通明，就像白天一样明亮。一对有情人在月下约定黄昏再见，情人间的温馨幸福洋溢在纸上。

　　下片写今年元宵节夜晚的景象。还是元宵节夜晚，天上的月亮和地上的灯市还像去年
一样。但是去年甜蜜幸福的时光却再也没有了，只剩下主人公一个人，心里满是相思之苦，不
由得伤心落泪，弄湿了衣服。

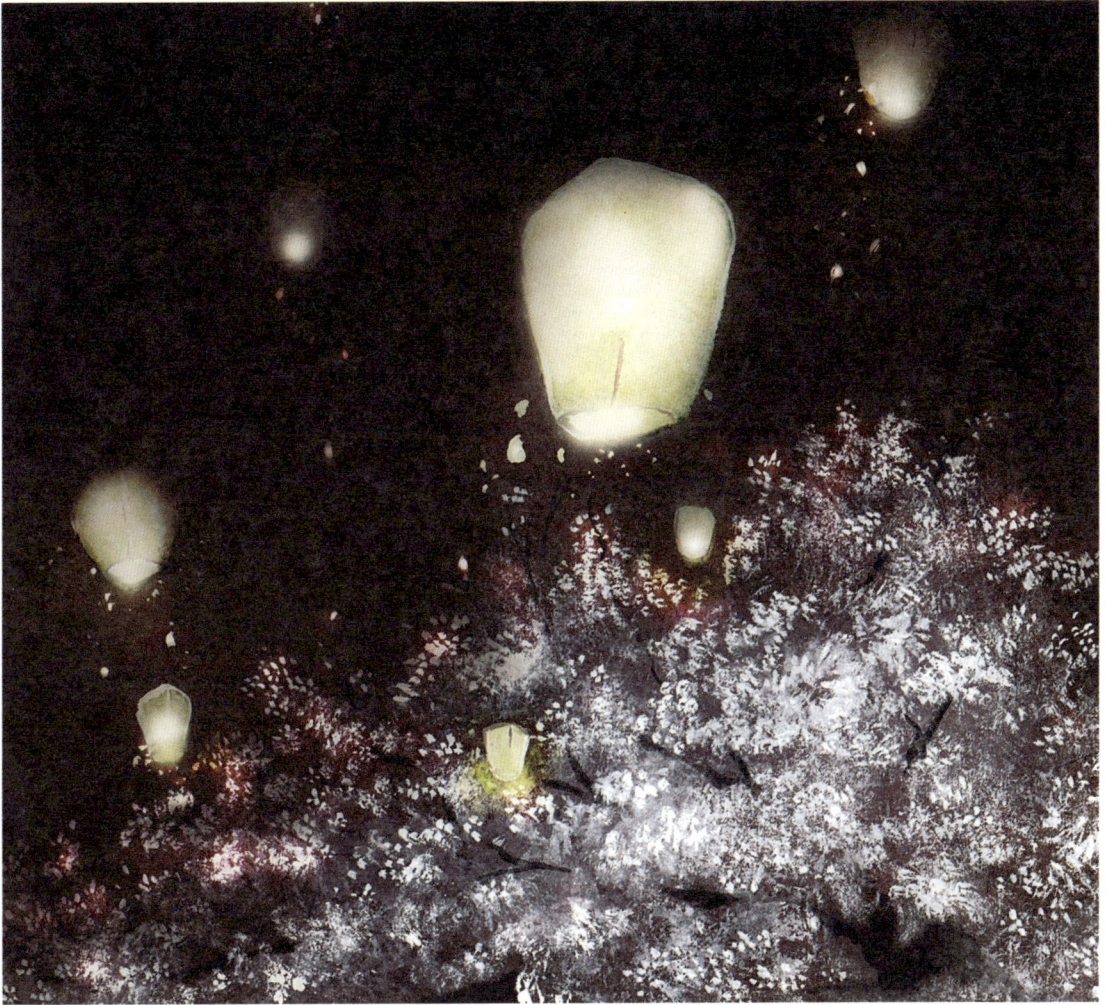

玉楼春·春景

[宋] 宋祁

东城渐觉风光好，縠皱波纹迎客棹。绿杨烟外晓寒轻，红杏枝头春意闹。

浮生长恨欢娱少，肯爱千金轻一笑。为君持酒劝斜阳，且向花间留晚照。

- **縠皱** (hú zhòu)　　有皱褶的纱。这里指如纱的波纹。
- **棹** (zhào)　　船桨，这里指船。
- **闹**　　浓盛。
- **浮生**　　指飘浮无定的短暂人生。
- **肯爱**　　岂肯吝惜，即不吝惜。爱，吝惜。

▌名家鉴赏

这首词是作者春游时观赏景色，有感而发，抒发胸怀的作品。

上片写春日郊游所看到的美景。春游的地点是"东城"，"縠皱波纹"说明风和日丽，水面的波纹像细纱一样，欢迎游客登船游览。三、四句是词中最妙的两句，因为距离远，所以"绿杨"看起来像一团"烟"，此时天气渐暖，万物苏醒，最显眼的就是"红杏枝头"盛开的杏花，作者用"闹"字把静静开放的杏花拟人化，好像一群穿红衣的小姑娘在欢闹。

下片写珍惜光阴的感慨。人的一生短暂，欢乐的时光很少，不要吝惜钱财，要珍惜欢笑。最后两句，作者举起酒杯"劝斜阳"多留一会儿，好让他和友人多观赏一会儿花丛的美丽，告诉我们：美好的光景虽然会消逝，但美好的印象却可以保留。

蝶恋花

[宋] 柳 永

　　伫倚危楼风细细。望极春愁，黯黯生天际。草色烟光残照里。无言谁会凭阑意。

　　拟把疏狂图一醉。对酒当歌，强乐还无味。衣带渐宽终不悔，为伊消得人憔悴。

- **伫倚 (zhù yǐ) 危楼**　长时间倚靠在高楼的栏杆上。伫，久立。危楼，高楼。
- **黯 (àn) 黯**　迷蒙不明，形容心情沮丧忧愁。
- **疏狂**　狂放不羁。
- **强 (qiǎng) 乐**　勉强欢笑。强，勉强。
- **衣带渐宽**　指人逐渐消瘦。

名家鉴赏

　　柳永是宋代著名的"婉约派"词人，擅长写爱情故事，深受人们喜爱。这首词写的是一个爱情故事，着重表现了主人公爱得煎熬和爱得无悔。

　　上片写景。主人公长时间倚靠在高楼的栏杆上，微风拂面。望着远方的天际，一副魂不守舍的样子。碧绿的草色和飘忽的雾气掩映在落日余晖里，谁理解主人公默默无言靠在栏杆上的心情？所写的景物是微风、草色、烟光、暗淡的天际，都有着悲伤的色彩，与主人公的心情相对应。

　　下片抒情。先说主人公想要大醉一场，企图借着喝酒的刺激找到欢乐，但这样做无法消除心中的悲伤。最后两句进一步说心中的悲伤无法消除，主人公备受煎熬，吃不下、喝不下，体重逐渐下降，人也变得憔悴起来，但始终也不懊悔。

水调歌头

[宋] 苏 轼

明月几时有？把酒问青天。不知天上宫阙，今夕是何年。我欲乘风归去，又恐琼楼玉宇，高处不胜寒。起舞弄清影，何似在人间？

转朱阁，低绮户，照无眠。不应有恨，何事长向别时圆？人有悲欢离合，月有阴晴圆缺，此事古难全。但愿人长久，千里共婵娟。

- **宫阙**　宫殿。阙，古代城墙后的石台。
- **琼 (qióng) 楼玉宇**　美玉砌成的楼宇，指想象中的仙宫。
- **不胜**　经受不住。胜，承担，承受。
- **绮 (qǐ) 户**　雕饰华丽的门窗。
- **婵娟 (chán juān)**　指月亮。

▌名家鉴赏

作者担任密州（今山东诸城）知州时，他的弟弟苏辙 (zhé) 在济南做官，虽然都在山东，但已经好几年没见面了，所以作者在大醉后写下这首词送给弟弟，表达思念之情。

上片写作者中秋夜通宵欢饮。举杯邀月，与月对话。询问天上是哪一年，表达了想要到天宫游览的兴致。但是又觉得天宫中虽然美丽，却缺少人间气息，不如不去。

下片写对弟弟的思念。从月亮入手，用"转""低""照"三个字写出月亮位置的变动和时间的推移，说明作者通宵未睡。中秋节本是家人团聚的节日，作者和弟弟在外做官，好几年没见了，这是一件遗憾的事。但乐观的作者却不这么看，他对弟弟说："人间的悲欢离合就像月亮有圆有缺一样，都是不可避免的。只要我们想念对方，即使远隔千里，也可以共同欣赏眼前的明月。"

定风波

[宋] 苏 轼

　　莫听穿林打叶声，何妨吟啸且徐行。竹杖芒鞋轻胜马，谁怕？一蓑烟雨任平生。

　　料峭春风吹酒醒，微冷，山头斜照却相迎。回首向来萧瑟处，归去，也无风雨也无晴。

- o **芒 (máng) 鞋**　草鞋。
- o **料峭 (qiào)**　微寒的样子。
- o **萧瑟**　风吹雨落的声音。

▌名家鉴赏

　　苏轼曾经到黄州做团练副使，这个官很小，收入也少，但他并没有灰心，依旧非常乐观。有一次，他和几个朋友外出游玩，天上突然下雨，其他人都跑着找地方躲雨，只有他一个人慢慢向前走，过了一会儿天就晴了。苏轼有感而发，就写下了这首词。

　　上片写作者面对风雨的态度。下雨了，苏轼一边高声呐喊，一边慢慢向前走，拄着竹杖，穿着草鞋，却感觉身体轻快，胜过骑马，披着蓑衣在风雨里过一辈子也不觉有什么不好。暗示了作者泰然面对人生的挫折，不觉得可怕。

　　下片写雨晴后作者的感受和感悟。春风吹醒了喝醉的作者，有点冷，但山头却出现了阳光，暗示挫折并不可怕，而是一种人生财富。因此，作者继续踏上回家的路。末句"也无风雨也无晴"是什么意思？是说阴天吗？不是这样理解的，作者既不会因为风雨而忧愁，更不会因为晴天而喜悦，对他来说，人生的挫折、快乐都顺其自然，表达了从容的人生态度。

菩萨蛮

[宋] 陈 克

绿芜墙绕青苔院，中庭日淡芭蕉卷。蝴蝶上阶飞，烘帘自在垂。

玉钩双语燕，宝甃杨花转。几处簸钱声，绿窗春睡轻。

○ **芜**（wú）　丛生的草。

○ **烘**（hōng）**帘**　暖帘，用以挡风的布帘。

○ **宝甃**（zhòu）　华美的井壁、池壁。甃，井壁。

○ **簸**（bǒ）**钱**　唐宋时期流行的一种赌博游戏，相当于现在的猜硬币。

名家鉴赏

　　这是一首写春天早晨睡眠的词。与一般的写春景的诗词不同，作者推陈出新，写出了自然情趣。从全词内容上来看，前六句都是用来烘托的，最后两句才是表达主题的。

　　首句的"墙绕青苔院"，给人封闭、深幽的感觉，墙上长着青草，院里长满青苔，说明平时人很少，主人正在关门睡觉。第二句写早晨的阳光照射到院中央，院内的芭蕉叶卷了起来。三、四句写蝴蝶在院里飞舞，累了就落到台阶上休息，而屋门上的帘子还在垂着，说明院里没人，主人还在睡觉。五、六句写一对燕子落在帘子的钩子上，低声叫着，柳絮飘舞着落到井边，写出了小院的幽静。

　　七、八句是点睛之笔，与前文的幽静不同，出现了几处"簸钱声"，打破了院内的静谧，也昭示着主人即将醒来（"春睡轻"）。

如梦令

[宋] 李清照

昨夜雨疏风骤，浓睡不消残酒。

试问卷帘人，却道海棠依旧。

知否？知否？应是绿肥红瘦。

- **雨疏风骤**　雨点稀疏，晚风急猛。疏，指稀疏。
- **浓睡**　酣睡。
- **残酒**　尚未消散的醉意。
- **绿肥红瘦**　绿叶繁茂，红花凋零。

名家鉴赏

　　这是宋代女词人李清照写的一首词，记述了雨后女主人和侍女聊天的趣事，语言通俗，充满生活趣味。

　　词中写了两个人物——女主人公和她的侍女。两个人的心情不同，语气也不同，相映成趣：昨夜下雨刮风，女主人非常感伤，借酒消愁，担心海棠花的命运，因此语气忐忑。侍女却没有主人的伤感，她有点漫不经心地说："海棠依旧。"对比之下，突出了女主人伤春的心情。于是，女主人当即反问："知否？知否？"就是说："你知道吗？你知道吗？"语气焦急，说明她内心情绪开始波动，之后则伤心地说："应是绿肥红瘦。"意思是海棠花叶多花少。这里把海棠花拟人化，叶子"肥"，花朵"瘦"，生动形象，也流露出对海棠花的喜爱之情。

醉花阴

[宋] 李清照

薄雾浓云愁永昼，瑞脑消金兽。佳节又重阳，玉枕纱厨，半夜凉初透。

东篱把酒黄昏后，有暗香盈袖。莫道不消魂，帘卷西风，人比黄花瘦。

o **瑞 (ruì) 脑**　　一种熏 (xūn) 香名。又称龙脑，即冰片。

o **纱厨 (chú)**　　即防蚊蝇的纱帐。

o **东篱**　采菊之地，出自陶渊明《饮酒》诗："采菊东篱下，悠然见南山。"

o **黄花**　指菊花。

名家鉴赏

　　李清照是当时有名的才女，她嫁给了当时的才子赵明诚，两人非常恩爱。只是，赵明诚经常到外地做官，她就一个人在家中等待。这首词是李清照重阳节独处时思念丈夫而写的一首词。

　　上片前两句写天气阴阴的，作者感觉不舒服，一个人在熏香中度过了一整天。第三句点出了具体的时令是重阳节，这时候天气凉爽，是睡觉最舒服的时候，作者却因为思念丈夫无法入睡。

　　下片写作者黄昏时在菊花边饮酒，借酒浇愁，直喝到身上有菊花的香味，相思之情表露无遗。最后三句则写出了作者的真实感情和形象，因为过于忧愁，日渐消瘦，比凋落的菊花还憔悴。

一剪梅

[宋] 李清照

红藕香残玉簟秋。轻解罗裳，独上兰舟。云中谁寄锦书来，雁字回时，月满西楼。

花自飘零水自流。一种相思，两处闲愁。此情无计可消除，才下眉头，却上心头。

- **玉簟 (diàn) 秋**　时至深秋，精美的竹席已嫌清冷。
- **兰舟**　本指木质坚硬且带有香味的木兰树制成的舟船，后成为舟的美称。
- **锦书**　本指前秦才女苏蕙赠给丈夫的写在锦布上的回文诗，后成为书信的美称。
- **雁字**　成列而飞的雁群。

▌名家鉴赏

　　和上一首词一样，这也是抒发思念之情的词，表达了作者对丈夫赵明诚的思念。

　　与一般的词不同，这首词中的景物大都相互照应。首句中的"红藕香残"写户外荷塘，"玉簟秋"写室内床榻。后面的"轻解罗裳"与"玉簟秋"照应，即脱下衣服睡觉时开始嫌竹席冷；"独上兰舟"与"红藕香残"照应，即乘舟采莲的时候发现莲花凋落。不只是这里，下面的"花自飘零"与"红藕香残"照应，"独上兰舟"与"水自流"照应，表达了时光无情流逝，引起了作者对丈夫的思念，即"一种相思，两处闲愁"。

　　作者和丈夫相互思念，却没有书信，思念的煎熬下无心睡眠，登上西楼观月。但不管怎么做都无法消除思念之情，即使不表现在脸上，心里却怎么也放不下。

菩萨蛮·书江西造口壁

[宋] 辛弃疾

郁孤台下清江水，中间多少行人泪。西北望长安，可怜无数山。

青山遮不住，毕竟东流去。江晚正愁余，山深闻鹧鸪。

○ **造口**　即皂口镇，在今江西万安境内。

○ **郁孤台**　古台名，在今江西赣州的贺兰山上。

○ **长安**　今陕西西安，汉唐时期的首都，这里代指北宋都城汴京（今河南开封）。

○ **愁余**　使我感到忧愁。余，我。

○ **鹧鸪**（zhè gū）　鹧鸪鸟，它的叫声非常凄苦。

名家鉴赏

　　辛弃疾是南宋时期著名的抗金将领，他本是北方人，参加抗金义军后投奔南宋。但是，南宋统治者软弱无能、贪图享乐，无心北伐抗金，收复失地遥遥无期。这一年，辛弃疾被派到江西做官，经过皂口镇，当年隆祐太后曾逃亡到这里，辛弃疾身临此地，想起这件事，写下了这首悲愤的词。

　　前两句由眼前景象回忆靖康以来，战事激烈，百姓流离失所的悲惨往事。三、四句表达对故国的思念，感叹山河破碎，北伐难成，故乡难回。五、六句表达了作者孤掌难鸣的无奈，因为不该发生的已经发生了，就像青山挡不住东流水一样。最后，江边的夜晚使作者感到忧愁，这时又从深山里传来鹧鸪鸟凄苦的叫声，写出了作者企盼落空后的失意和惆怅。

一剪梅·舟过吴江

[宋] 蒋 捷

一片春愁待酒浇。江上舟摇，楼上帘招。秋娘渡与泰娘桥，风又飘飘，雨又萧萧。

何日归家洗客袍？银字笙调，心字香烧。流光容易把人抛，红了樱桃，绿了芭蕉。

○ **秋娘渡与泰娘桥**　都是吴江（今江苏苏州吴江）地名。
○ **银字笙**　笙上用银作字以表示音色的高低。
○ **心字香**　炉香名。

▌名家鉴赏

　　这首词是宋词中的佳作，作者乘舟经过山明水秀的吴江，欣赏暮春时节的江景，引起淡淡的思乡之情。

　　上片写旅途的见闻。作者本打算借酒浇愁，随船漂荡前行，看到远处酒楼的招牌，引发了酒瘾。船经过"秋娘渡"和"泰娘桥"，刮起了风，下起了雨，引起了作者对家乡的思念。

　　下片写思念家乡的情绪。什么时候才能回家（"何日归家"），并想象回家后的情景：妻子给我洗衣服（"洗客袍"），点燃熏炉里的心字香，吹笙奏乐，表现出家庭的温馨。但想象只能是想象，现实却是今年春天回不了家了。作者并没有因此而陷入愁苦，用"红了樱桃，绿了芭蕉"勾勒出一幅家乡春景图，美不胜收，让人读后忍不住想去他的家乡看看。

浣溪沙

[清] 纳兰性德

谁念西风独自凉，萧萧黄叶闭疏窗，沉思往事立残阳。
被酒莫惊春睡重，赌书消得泼茶香，当时只道是寻常。

- **谁** 此处指亡妻。
- **疏窗** 刻有花纹的窗户。
- **被酒** 酒醉。
- **赌书** 宋代女词人李清照和丈夫赵明诚的记忆力都很好，他们指着一堆书，说某件事记录在某本书的多少页，以猜中与否决定胜负，作为饮茶的先后。后来，人们就用这个典故形容夫妻生活美满。

名家鉴赏

纳兰性德与妻子卢氏非常恩爱，可惜结婚才三年，卢氏就因难产而死。得到消息的纳兰性德非常伤心，就写下了这首悼亡词。

上片写作者独自站在西风中，无人挂念，看着窗外稀疏的落叶，由眼前景引起心中情，不由得回忆起往事。

下片写作者与妻子相处的温馨情节，如醉后酣睡、夫妻比赛等。末句画龙点睛，因为人们觉得很多事平平常常，感觉不到可贵，只有失去之后，才发觉它的珍贵。

满江红·写怀

[宋] 岳 飞

怒发冲冠，凭栏处、潇潇雨歇。抬望眼，仰天长啸，壮怀激烈。三十功名尘与土，八千里路云和月。莫等闲，白了少年头，空悲切！

靖康耻，犹未雪。臣子恨，何时灭！驾长车，踏破贺兰山缺。壮志饥餐胡虏肉，笑谈渴饮匈奴血。待从头、收拾旧山河，朝天阙。

- **怒发冲冠 (guān)** 气得头发竖起，以至于将帽子顶起。形容愤怒至极。冠，帽子。
- **靖康耻** 宋钦宗靖康二年（1127年），金兵攻陷汴京，虏走宋徽宗和宋钦宗二帝。
- **贺兰山** 贺兰山脉位于宁夏回族自治区与内蒙古自治区交界处。
- **朝天阙** 朝见皇帝。天阙，本指宫殿前的楼观，此指皇帝生活的地方。

名家鉴赏

　　岳飞是南宋著名的爱国将领，北宋被金人灭亡后，岳飞创建了岳家军，奋勇抗金，差点就收复了北宋都城汴京。人们都知道他带兵打仗的本领高强，却不知道他本人也很有文采。这首词大气磅礴，直抒胸臆，将作者内心忠君爱国的情感淋漓尽致地表达了出来，备受人们的喜爱。

　　上片和下片相互照应，理解时可以穿插阅读。作者之所以愤怒至极，雨中登高望远，就因为"靖康耻，犹未雪"。作者"仰天长啸"是因为"臣子恨，何时灭"，作者心中的"壮怀"是"驾长车，踏破贺兰山缺"。作者多年征战，转战千里，为的是消灭敌人（"壮志饥餐胡虏肉，笑谈渴饮匈奴血"）。作者不敢虚度光阴的原因是"收拾旧山河"，再带着捷报向皇帝报告胜利的消息。